# 開花

西川詩選

西川 著

# 朝向漢語的邊陲

楊小濱

　　中國當代詩的發展可以看作是朝向漢語每一處邊界的勇猛推進，而它的起源也可以追溯出頗為複雜的線索。1960年代中後期張鶴慈（北京，1943-）和陳建華（上海，1948-）等人的詩作已經在相當程度上改變了主流詩歌的修辭樣式。如果說張鶴慈還帶有浪漫主義的餘韻，陳建華的詩受到波德萊爾的啟發，可以說是當代詩中最早出現的現代主義作品，但這些作品的閱讀範圍當時只在極小的朋友圈子內，直到1990年代才廣為流傳。1970年代初的北京，出現了更具衝擊力的當代詩寫作：根子（1951-）以極端的現代主義姿態面對一個幻滅而絕望的世界，而多多（1951-）詩中對時代的觀察和體驗也遠遠超越了同時代詩人的視野，成為中國當代詩史上的靈魂人物。

　　對我來說，當代詩的概念，大致可以理解為對以北島（1949-）和舒婷（1952-）等人為代表的朦朧詩的銜接，其轉化與蛻變的意味值得關注。朦朧詩的出現，從某種意義上可以看作官方以招安的形式收編民間詩人的一次努力。根子、多多和芒克（1951-）的寫作自始未被認可為朦朧詩的經典，既然連出現在《詩刊》的可能都沒有，也就甚至未曾享受遭到批判的待遇，直到1980年代中後期才漸漸浮出地表。我們應該可以說，多多等人的文化詩學意義，是屬於後朦朧時代的。才華出

眾的朦朧詩人顧城在1989年六四事件後寫出了偏離朦朧詩美學
的《鬼進城》等傑作,不久卻以殺妻自盡的方式寫下了慘痛的
人生詩篇。除了揮霍詩才的芒克之外,嚴力(1954-)自始至
終就顯示出與朦朧詩主潮相異的機智旨趣和宇宙視野;而同為
朦朧詩人的楊煉(1955-),在1980年代中期即創作了《諾日
朗》這樣的經典作品,以各種組詩、長詩重新跨入傳統文化,
由於從朦朧詩中率先奮勇突圍,日漸成為朦朧詩群體中成就最
為卓著的詩人。同樣成功突圍的是游移在朦朧詩邊緣的王小妮
(1955-),她從1980年代後期開始以尖銳直白的詩句來書寫個
人對世界的奇妙感知,成為當代女性詩人中最突出的代表。如
果說在1970年代末到1980年代初,朦朧詩仍然帶有強烈的烏托
邦理念與相當程度的宏大抒情風格,從1980年代中後期開始,
朦朧詩人們的寫作發生了巨大的轉化。

　　這個轉化當然也體現在後朦朧詩人身上。翟永明(1955-)
被公認為後朦朧時代湧現的最優秀的女詩人,早期作品受到自
白派影響,挖掘女性意識中的黑暗真實,爾後也融入了古典
傳統等多方面的因素,形成了開闊、成熟的寫作風格。在1980
年代中,翟永明與鐘鳴(1953-)、柏樺(1956-)、歐陽江河
(1956-)、張棗(1962-2010)被稱為「四川五君」,個個都
是後朦朧時代的寫作高手。柏樺早期的詩既帶有近乎神經質的
青春敏感,又不乏古典的鮮明意象,極大地開闢了漢語詩的表
現力。在拓展古典詩學趣味上,張棗最初是柏樺的同行者,爾
後日漸走向更極端的探索,為漢語實踐了非凡的可能性。在
「四川五君」中,鐘鳴深具哲人的氣度,用史詩和寓言有力地

書寫了當代歷史與現實。歐陽江河的寫作從一開始就將感性與理性出色地結合在一起，將現實歷史的關懷與悖論式的超驗視野結合在一起，抵達了恢宏與思辨的驚險高度。

後朦朧詩時代起源於1980年代中期，一群自我命名為「第三代」的詩人在四川崛起，標誌著中國當代詩進入了一個新階段，1980年代最有影響的詩歌流派，產自四川的佔了絕大多數。除了「四川五君」以外，四川還為1980年代中國詩壇貢獻了「非非」、「莽漢」、「整體主義」等詩歌群體（流派和詩刊）。如周倫佑（1952-）、楊黎（1962-）、何小竹（1963-）、吉木狼格（1963-）等在非非主義的「反文化」旗幟下各自發展了極具個性的詩風，將詩歌寫作推向更為廣闊的文化批判領域。其中楊黎日後又倡導觀念大於文字的「廢話詩」，成為當代中國先鋒詩壇的異數。而周倫佑從1980年代的解構式寫作到1990年代後的批判性紅色寫作，始終是先鋒詩歌的領頭羊，也幾乎是中國詩壇裡後現代主義的唯一倡導者。莽漢的萬夏（1962-）、胡冬（1962-）、李亞偉（1963-）、馬松（1963-）等無一不是天賦卓絕的詩歌天才，從寫作語言的意義上給當代中國詩壇提供了至為燦爛的景觀。其中萬夏與馬松醉心於詩意的生活，作品惜墨如金但以一當百；李亞偉則曾被譽為當代李白，文字瀟灑如行雲流水，在古往今來的遐想中妙筆生花，充滿了後現代的喜劇精神；胡冬1980年代末旅居國外後詩風更為逼仄險峻，為漢語詩的表達開拓出難以企及的遙遠疆域。以石光華（1958-）為首的整體主義還貢獻了才華橫溢的宋煒（1964-）及其胞兄宋渠（1963-），將古風與現代主義風尚

奇妙地糅合在一起。

　　毫不誇張地說，川籍（包括重慶）詩人在1980年代以來的中國詩壇佔據了半壁江山。在流派之外，優秀而獨立的詩人也從來沒有停止過開拓性的寫作。1980年代中後期，廖亦武（1958- ）那些囈語加咆哮的長詩是美國垮掉派在中國的政治化變種，意在書寫國族歷史的寓言。蕭開愚（1960- ）從1980年代中期起就開始創立自己沉鬱而又突兀的特異風格，以罕見的奇詭與艱澀來切入社會現實，始終走在中國當代詩的最前列。顯然，蕭開愚入選為2007年《南都週刊》評選的「新詩90年十大詩人」中唯一健在的後朦朧詩人，並不是偶然的。孫文波（1956- ）則是1980年代開始寫作而在1990年代成果斐然的詩人，也是1990年代中期開始普遍的敘事化潮流中最為突出的詩人之一，將社會關懷融入到一種高度個人化的觀察與書寫中。還有1990年代的唐丹鴻（1965- ），代表了女性詩人內心奇異的機器、武器及疼痛的肉體；而啞石（1966- ）是1990年代末以來崛起的四川詩人，以重新組合的傳統修辭給當代漢語詩帶來了跌宕起伏的特有聲音。

　　1980年代的上海，出現了集結在詩刊《海上》、《大陸》下發表作品的「海上詩群」，包括以孟浪（1961- ）、郁郁（1961- ）、劉漫流（1962- ）、默默（1964- ）、京不特（1965- ）等為主要骨幹的以倡導美學顛覆性及介入性寫作風格的群體，和以陳東東（1961- ）、王寅（1962- ）、陸憶敏（1962- ）等為代表的較具學院派知性及純詩風格的群體，從不同的方向為當代漢語詩提供了精萃的文本。幾乎同時創立的

「撒嬌派」，主要成員有京不特、默默、孟浪等，致力於透過反諷和遊戲來消解主流話語的語言實驗，也頗具影響。無論從政治還是美學的意義上來看，孟浪的詩始終衝鋒在詩歌先鋒的最前沿，他發明了一種荒誕主義的戰鬥語調，有力地揭示了歷史喜劇的激情與狂想，在政治美學的方向上具有典範性意義。而陳東東的詩在1980年代深受超現實主義影響，到了1990年代之後則更開闊地納入了對歷史與社會的寓言式觀察，將耽美的幻想與險峻的現實嵌合在一起，鋪陳出一種新的夢境詩學。1980年代的上海還貢獻了以宋琳（1959-）等人為代表的城市詩，而宋琳在1990年代出國後更深入了內心的奇妙圖景，也始終保持著超拔的精神向度。1990年代後上海崛起的詩人中最引人注目的是復旦大學畢業後定居上海的韓博（黑龍江，1971-），他近年來的詩歌寫作奇妙地嫁接了古漢語的突兀與（後）現代漢語的自由，對漢語的表現力作了令人震驚的開拓。還有行事低調但詩藝精到的女詩人丁麗英（1966-），在枯澀與奇崛之間書寫了幻覺般的日常生活。

　　與上海鄰近的江南（特別是蘇杭）地區也出產了諸多才子型的詩人，如1980年代就開始活躍的蘇州詩人車前子（1963-）和1990年代之後形成獨特聲音的杭州詩人潘維（1964-）。車前子從早期的清麗風格轉化為最無畏和超前的語言實驗，而潘維則以現代主義的語言方式奇妙地改換了江南式婉約，其獨特的風格在以豪放為主要特質的中國當代詩壇幾乎是獨放異彩。而以明朗清新見長的蔡天新（1963-）雖身居杭州但足跡遍布五洲四海，詩意也帶有明顯的地中海風格。影響甚廣的于堅

（1954-）、韓東（1961-）和呂德安（1960-）曾都屬於1980年代以南京為中心的他們文學社，以各自的方式有力地推動了口語化與（反）抒情性的發展。

朦朧詩的最初源頭，中國最早的文學民刊《今天》雜誌，1970年代末在北京創刊，1980年代初被禁。「今天派」的主將們，幾乎都是土生土長的北京詩人。而1980年代中期以降，出自北京大學的詩人佔據了北京詩壇的主要地位。其中，1989年臥軌自盡的海子（1964-1989）可能是最為人所知的，海子的短詩尖銳、過敏，與其宏大抒情的長詩形成了鮮明對比。海子的北大同學和密友西川（1963-）則在1990年後日漸擺脫了早期的優美歌唱，躍入一種大規模反抒情的演說風格，帶來了某種大氣象。臧棣（1964-）從1990年代開始一直到新世紀不僅是北大詩歌的靈魂人物，也是中國當代詩極具創造力的頂尖詩人，推動了中國當代詩在第三代詩之後產生質的飛躍。臧棣的詩為漢語貢獻了至為精妙的陳述語式，以貌似知性的聲音扎進了感性的肺腑。出自北大的重要詩人還包括清平（1964-）、西渡（1967-）、周瓚（1968-）、姜濤（1970-）、席亞兵（1971-）、冷霜（1973-）、胡續冬（1974-）、陳均（1974-）、王敖（1976-）等。其中姜濤的詩示範了表面的「學院派」風格能夠抵達的反諷的精微，而胡續冬的詩則富於更顯見的誇張、調笑或情色意味，二人都將1990年代以來的敘事因素推向了另一個高度。胡續冬來自重慶（自然染上了川籍的特色），時有將喜劇化的方言土語（以及時興的網路語言或亞文化語言）混入詩歌語彙。也是來自重慶的詩人蔣浩

（1971-）在詩中召喚出語言的化境，將現實經驗與超現實圖景溶於一爐，標誌著當代詩所攀援的新的巔峰。同樣現居北京，來自內蒙古的秦曉宇（1974-），也是本世紀以來湧現的優秀詩人，詩作具有一種鑽石般精妙與凝練的罕見品質。原籍天津的馬驊（1972-2004）和原籍四川的馬雁（1979-2010），兩位幾乎在同齡時英年早逝的天才，恰好曾是北大在線新青年論壇的同事和好友。馬驊的晚期詩作抵達了世俗生活的純淨悠遠，在可知與不可知之間獲得了逍遙；而馬雁始終捕捉著個體對於世界的敏銳感知，並把這種感知轉化為表面上疏淡的述說。

當今活躍的「60後」和「70後」詩人還包括現居北京的莫非（1960-）、殷龍龍（1962-）、樹才（1965-）、藍藍（1967-）、侯馬（1967-）、周瑟瑟（1968-）、朱朱（1969）、安琪（1969-）、王艾（1971-）、成嬰（1971-）、呂約（1972-）、朵漁（1973-），河南的森子（1962-）、魔頭貝貝（1973-），黑龍江的潘洗塵（1964-）、桑克（1967-），山東的宇向（1970-）孫磊（1971-）夫婦和軒轅軾軻（1971-），安徽的余怒（1966-）和陳先發（1967-），江蘇的黃梵（1963-）、楊鍵（1967），浙江的池凌雲（1966-）、泉子（1973-），廣東的黃禮孩（1971-），海南的李少君（1967-），現居美國的明迪（1963-）等。森子的詩以極為寬闊的想像跨度來觀察和創造與眾不同的現實圖景，而桑克則將世界的每一個瞬間化為自我的冷峻冥想。同為抒情詩人，女詩人藍藍通過愛與疼痛之間的撕扯來體驗精神超越，王艾則一次又一次排練了戲劇的幻景，並奔波於表演與旁觀之間，而樹才

的詩從法國詩歌傳統中找到一種抒情化的抽象意味。較為獨特的是軒轅軾軻，常常通過排比的氣勢與錯位的慣性展開一種喜劇化、狂歡化的解構式語言。而這個名單似乎還可以無限延長下去。

　　1989年的歷史事件曾給中國詩壇帶來相當程度的衝擊。在此後的一段時期內，一大批詩人（主要是四川詩人，也有上海等地的詩人）由於政治原因而入獄或遭到各種方式的囚禁，還有一大批詩人流亡或旅居國外。1990年代的詩歌不再以青春的反叛激情為表徵，抒情性中大量融入了敘述感，邁入了更加成熟的「中年寫作」。從1980年代湧現的蕭開愚、歐陽江河、陳東東、孫文波、西川等到1990年代崛起的臧棣、森子、桑克等可以視為這一時期的代表。1990年代以來，儘管也有某些「流派」問世，但「第三代詩」時期熱衷於拉幫結夥的激情已經消退。更多的詩人致力於個體的獨立寫作，儘管無法命名或標籤，卻成就斐然。1990年代末的「知識分子寫作」與「民間寫作」的論戰雖然聲勢浩大，卻因為糾纏於眾多虛假命題而未能激發出應有的文化衝擊力。2000年以來，儘管詩人們有不同的寫作趨向，但森嚴的陣營壁壘漸漸消失。即使是「知識分子寫作」的代表詩人，其實也在很大程度上以「民間寫作」所崇尚的日常口語作為詩意言說的起點。從今天來看，1960年代出生的「60後」詩人人數最為眾多，儼然佔據了當今中國詩壇的中堅地位，而1970年代出生的「70後」詩人，如上文提到的韓博、蔣浩等，在對於漢語可能性的拓展上，也為當代詩作出了不凡的探索和貢獻。近年來，越來越多的「80後詩人」在前人

開闢的道路盡頭或途徑之外另闢蹊徑，也日漸成長為當代詩壇的重要力量。

中國當代詩人的寫作將漢語不斷推向極端和極致，以各異的嗓音發出了有關現實世界與經驗主體的精彩言說，讓我們聽到了千姿萬態、錯落有致的精神獨唱。作為叢書，《中國當代詩典》力圖呈現最精萃的中國當代詩人及其作品。第二輯在第一輯的基礎上收入了15位當代具有相當影響及在詩藝上有所開拓的詩人。由於1960年代出生的詩人在中國當代詩壇佔據的絕對多數，第二輯把較多的篇幅留給了這個世代。在選擇標準上，有多方面的具體考慮：首先是盡量收入尚未在台灣出過詩集的詩人。當然，在這15位詩人中，也有少數出過詩集，但仍有令人興奮的新作可以期待產生相當影響的。即便如此，第二輯仍割捨了多位本來應當入選的傑出詩人，留待日後推出。願《中國當代詩典》中傳來的特異聲音為台灣當代詩壇帶來新的快感或痛感。

# 目次

# 卷二

# 卷三

卷
一

## 無關緊要之歌

蒼蠅叫不叫「蒼蠅」無關緊要

它的嗡嗡聲越來越大無關緊要

它喝了一肚子墨水撒出的尿全是藍的無關緊要

它決定作一隻優秀的蒼蠅無關緊要


我們兩人鴉雀無聲


蒼蠅飛走，房間裡多了一個人無關緊要

他談笑風生自得其樂無關緊要

他說他的聰明足以在天上吃得開，然後就走了

他是否成了天上最聰明的人無關緊要


我們兩人鴉雀無聲


鴉雀無聲的還不僅只我們兩人

還有窗外的電線桿和它移動的影子

電線桿上吊死一只風箏無關緊要

我們繞著電線桿跑了十萬八千里無關緊要

2000.6

# 牆角之歌

我把一隻烏鴉逼到牆角

我要牠教給我飛行的訣竅

牠唱著「大爺饒命」同時卸下翅膀

然後掙脫我，撒開細爪子奔向世俗的大道


我把一個老頭逼到牆角

我要他承認我比他還老

他掏出錢包央求「大爺饒命！」

我稍一猶豫，他薅下我的金項鍊轉身就逃。


我把一個姑娘逼到牆角

我要她讚美這世界的美好

她哆嗦著解開扣子說「大爺饒命！」

然後把自己變成一只200瓦的燈泡將我照耀


我把一頭狗熊逼到牆角

我要牠一口把我吃掉

它血口一張說「大爺饒命！」

我一掌打死牠，並且就著月光把牠吃掉

2002.6、2010.2

## 小老兒

小老兒小。小老兒老。小老兒一個小孩一抹臉變成一個老頭。小老兒拍手。小老兒伸懶腰。小老兒來到我們中間。小老兒走到東，站一站。小老兒走到西，手搭涼棚望一望。小老兒穿過陰影。小老兒變成陰影。小老兒被磚頭絆倒。小老兒變成磚頭也絆倒別人。小老兒緊跟一陣小風。小老兒抓住小風的辮子。小老兒跟小風學會打噴嚏。小老兒傳染得樹木也打噴嚏，石頭也打噴嚏。小老兒走進藥店。小老兒一邊打噴嚏一邊砸藥店。小老兒歡天喜地。小老兒無所事事。小老兒迷迷糊糊。小老兒得意忘形。小老兒吃不了兜著走。有人不在乎小老兒，小老兒給他顏色看。

小老兒看見誰就戲弄誰。小老兒不分有錢人沒錢人。小老兒不分工人、農民、商人、士兵、學生、知識分子，或者無業遊民。小老兒打瞪眼的人。小老兒打吐痰的人。小老兒打吃飯時吧唧嘴的人。小老兒打吃飯時吆五喝六的人。小老兒打拉屎不沖水的人。小老兒打不洗手的人。小老兒大打出手，真地大打出手了。小老兒打得氣喘吁吁。小老兒打得著急上火。小老兒打別人自己流出了鼻血。小老兒

陡生道德感。小老兒的道德反道德，所以小老兒覺得頭重腳輕。小老兒病了。小老兒需要休息片刻。小老兒發燒38度2。小老兒聽見救護車的怪叫。小老兒住進人民醫院。小老兒和男醫生女醫生打得火熱。小老兒裝死。小老兒從醫院裡溜出來。小老兒的病被一陣熱風加重。小老兒變成一種病菌。

小老兒是貓變的或者是果子狸變的。小老兒變成小老兒。一個小老兒變成20個小老兒。小老兒喜歡湊熱鬧。小老兒學習認識小老兒。小老兒和小老兒比賽在糞便裡游泳。小老兒和小老兒比賽擤鼻涕。小老兒讀地圖。小老兒發現了廣東和內蒙、山西和河北。小老兒需要八千萬個小老兒。八千萬個小老兒分赴各地。八千萬個小老兒相互之間靠打噴嚏聯絡。八千萬個小老兒像流竄犯，抓住兩個不流竄的大官、三千個無處流竄的小官。小老兒和他們一起玩發燒的小鳥，一起被五顏六色的鳥屎滑倒。

小老兒手拿小鐵鏟，鏟走小花和小草，鏟走螞蟻和屎殼郎。小老兒封鎖學校，佔領學校。封鎖村莊，佔領村莊。小老兒在道路上挖陷阱。春天來了。小

老兒不是小燕子，卻覺得自己是春天的同謀。小老兒享受春天的小雨點。春天的小雨點同樣灑在貪官汙吏的頭頂，小老兒偏不覺得自己是貪官汙吏的同謀。小老兒和他們對著幹。小老兒瞧不上蚊子的小把戲。小老兒瞧不上大腸杆菌小模樣。小老兒腿腳麻利，胳膊有勁，抓住大熊貓、小熊貓。原來牠們是化了妝的大狗熊、小狗熊。小老兒隱約覺得自己重任在肩。小老兒懷疑自己在替天行道。其實小老兒是瞎貓碰上死耗子。但小老兒忽然很嚴肅。小老兒吃不好睡不著。小老兒本來就瘋瘋癲癲現在越發瘋瘋癲癲。

小老兒決定結束無為而治的老傳統。小老兒決心不再謹守看熱鬧的本分。小老兒對小老兒說：應該人人爭說小老兒。於是小老兒寫酸溜溜的詩。小老兒做客東方電視臺。小老兒是主人。小老兒是主角。小老兒是主語。小老兒也是自己的謂語和賓語。小老兒有點神祕。嘿嘿嘿。小老兒否認自己叫「小老兒」。小老兒否認自己曾經存在過。小老兒絕口不提自己的身世，為的是讓人摸不著頭腦。小老兒因此口齒不清。口齒不清並不妨礙小老兒發揮想像

力。小老兒給每個人撥電話。小老兒在電話裡不出
聲。小老兒敲每一戶的房門。小老兒幫助你認識
你也是一個小老兒。小老兒擠到夫妻之間、情人之
間。小老兒推開他們，又黏住他們。小老兒知道自
己成了謠言的寵兒。

小老兒壞嗎？小老兒好嗎？小老兒要幹什麼？小老
兒究竟要幹什麼呢？小老兒自己綁架自己向全世界
要贖金。小老兒自己毒自己向全世界要解藥。小老
兒肩負著向全世界派送小老兒的使命。小老兒背後
必有高人指點。但小老兒自己也有點莫名其妙。小
老兒高興。小老兒膨脹。小老兒把卡拉OK重新發明
一遍，把乘法口訣重新發明一遍。成了！成了！小
老兒像氣球一樣飄起來。小老兒覺得飄來飄去很浪
漫。小老兒輕輕落地。小老兒聽見自己落地的聲音。

小老兒跟著活人走。活人走成死人還在走。小老兒
跟著死人走。死人們輕功了得，疾走如飛。小老兒
看見了死人。死人看不見小老兒。小老兒終於看見
了死人。小老兒不敢看，又想看，又不敢看。小老
兒長出頭髮是為了讓頭髮倒豎。小老兒長出心臟是

為了讓心臟跳得嘭嘭嘭。小老兒看見了白床單、白枕頭、白被罩、白口罩、白色的大門和白色的牆壁。小老兒看見了白色的救護車像死人一樣疾走如飛。小老兒以前也看到過。小老兒忘了。小老兒看到了空空蕩蕩的白。小老兒看得頭髮暈。小老兒在白色中又看到一個黑點。黑點擴大，小老兒看到了空空蕩蕩的黑。小老兒知道大事不好。

小老兒看見有人去拜神佛。小老兒看見有人擰走全城的電燈泡。小老兒接到情報：有人冒充小老兒在飯館裡白吃白喝，就像有人冒充高幹子弟騙錢騙色。小老兒碰上比他更壞的人。小老兒來了勁。小老兒發現了發財的機會。其實小老兒發財也沒用。小老兒偷走超市裡的麵包和方便麵。小老兒編造關於小老兒的電視連續劇。小老兒給慌裡慌張的人們發獎狀。小老兒給姑娘們寫情書。但很快小老兒就厭煩了。小老兒發現許多人戴上墨鏡，假裝看不見小老兒。小老兒不高興。小老兒對付墨鏡，見一個摘一個，或者要求兩個戴墨鏡的人相互用眼神兒表達他們的愛憎。

人人懼怕小老兒。人們相互猜測對方是不是小老兒，在銀行，在飯館，在火車站，在歌舞廳。人們猜不出個所以然，所以170萬人排山倒海逃離城市，留下85萬個空寂的房間。但更多的人將自己反鎖在家中，大氣不敢出，大話不敢講。小老兒看到了自己的威力。小老兒對此很自豪，同時對此也很納悶。小老兒心想：小老兒是個什麼東西！小老兒發呆，在空無一人的街頭。小老兒歌唱，唱得自己淚流滿面。小老兒自己感動了自己，像個文學青年。小老兒痛苦萬分，想自己背叛自己。小老兒背叛了自己。小老兒背叛了已背叛的自己。

小老兒並非殺人不見血。小老兒帶頭吃大蒜、喝板藍根。小老兒帶頭閱讀卡繆的《鼠疫》和馬爾克斯的《霍亂時期的愛情》。小老兒為知識分子發明小老兒形而上學和小老兒隱喻。小老兒反對把小老兒變成一個太便宜的話題。小老兒號召人們：「別出門！」。小老兒啟發被關禁閉的人們反向推導出自己是有罪之人。小老兒讓人發愁，讓人記住自己是一個人。小老兒讓人看到生活以外。小老兒本沒有目的但現在覺得自己的目的已達到。小老兒要走

了。小老兒捨不得走。小老兒喜歡快刀斬亂麻。但小老兒又黏黏糊糊。

小老兒不出聲。小老兒吞了隱身草。小老兒在牆上寫大字：「立即消滅小老兒！」於是全城的人終於傾巢出動，透過氣來，回過神來，全城尋找小老兒，全城逮捕小老兒。小老兒無處可逃。小老兒終於被拿下。小老兒被裝進玻璃瓶子，被貼上標簽：小老兒A、小老兒B、小老兒C。小老兒被審判。小老兒沒有道德之罪但被強加了道德之罪。小老兒被關進小黑屋。小老兒在小黑屋裡照鏡子。小老兒看到鏡子裡除了黑什麼都沒有。小老兒有點害怕。時候到了，小老兒被槍斃。但小老兒打不死。小老兒又站起來。小老兒又變大又變小。小老兒煩了。小老兒自己掐自己的脖子。小老兒自己揪自己的頭髮。小老兒頭髮太多揪不完。小老兒揪完頭髮又長出頭髮。

小老兒鬧騰一場。小老兒鑽進鴿子棚。小老兒鑽進下水道。小老兒沒有碰到其他小老兒。小老兒回到自己的小地盤。小老兒忽然發現世界上只剩下了小

老兒。小老兒被寂靜塞住了耳朵。小老兒看見星期二的夜晚比星期一的更黑些。小老兒發現每一朵雲彩上都坐著一個小老兒。小老兒恍然大悟：有瘟疫的藍天比沒有瘟疫的藍天更藍些。小老兒愛上了小痰盂、小鼻涕、小眼淚、小痱子。小老兒變得有思想。小老兒變得煞有介事。小老兒思量東山再起。但這一會兒小老兒不吃不喝。小老兒面黃肌瘦。小老兒長歎一聲，一座大樓應聲倒塌。小老兒大笑一聲，一隻小鳥肝膽俱裂。又來了！又來了！

2004.7

某人

春天留在帽子裡
秋天留在布衫裡
早晨留在樹梢上
傍晚留在毛坑裡

荒山留在荒山上
碧水留在茶壺裡
豪宅留在地圖上
窮人留在陰溝裡

三斤墨汁留在腸子裡
一兩虛汗留在血管裡
唾沫留在店鋪外
髒話留在象牙上

紅留在紅臉上
白留在白臉上
香和甜留在嘴唇上
鹹和辣留在筷子上

怨留在左心室之西
憾留在泥丸宮之東
欲留在雞巴之前
困留在眼皮之後

病留在野郎中手心
痛留在野狐狸肩頭
奪命的雷電留在頭頂
一雙破鞋留在屋頂

肥皂留在天邊
狗屎留在花間
鬼魂留在板凳上
影子留在酒盅旁

空留在鏡子裡
風留在火苗上
《古文觀止》留在菜譜下
皇帝留在電視上

吞吞吐吐留在痰盂裡

三心二意留在棋盤上

俠肝義膽留在煙塵裡

一了百了留在枕頭上

2002.7

# 碰巧的人

他碰巧聽說大地是方的。

他碰巧聽說皇上是奉天承運的。

他碰巧沒聽說過希特勒，他已活了十九年。

他碰巧沒聽說過文化大革命，這使他對生活的看法
　　基本正面。

他來到北京，碰巧是晴天，沒有霧霾；

然後他又去了內蒙，碰巧沒有經歷到沙塵暴。

啊，藍天白雲的內蒙，

他碰巧遇到一匹駿馬允許他騎上一小時馳騁在天地
　　之間。

他回到家鄉，碰巧沒遇上會計的女兒，就娶了裁縫
　　的女兒。

他碰巧避過了車禍，他活下來。

他學狗叫學得很開心，不曾意識到這是中文的狗叫。

他碰巧生為中國人，碰巧讀過馬克思沒讀過黑格爾。

他碰巧認識楊樹、柳樹，不認識梧桐樹。

他碰巧三次撿到錢包，如果有第四次，還會是碰
　　巧嗎？

他碰巧不認識「傻逼」二字，所交之人也全然不識
　　此二字。

他快活一生，不知是否碰巧。

2014.8.19

# 死於感冒的人

他不肯相信他會被幾個小人所打倒。

他不怕蛇蠍猛獸——兇猛的它們已成陳詞濫調。

這逆風而行的人；風愈大，他落腳邁步愈有力。

他本應倒在雷電之中，如悲劇劇本所述，以符合一
　　個英雄的身分。


然而他倒下，出乎所有人意料。

他不肯相信，幾個小人用小兒科的手段，

抖抖機靈，就將他打倒；他相信

在小人背後站著陰險而強大的敵人例如一種價值觀
　　化成的巨妖。


所有人都看見了，他是負有使命的人；

他自己更要求與其崇高的理想相對稱的敵人。

多年以來他瞧不起市儈，

遠離市儈，他斷定歷史會賞臉把他的意思弄明白。


從生活的全部滑稽中擠出了往往呈現於打架鬥毆的
　　嚴肅性。

你看他被幾個小人所打倒，不可能啊。

這讓錯愕的蛇蠍猛獸們只好求助於陳詞濫調：哎
呀，哎呀。

彷彿他戰勝了癌症，卻死於感冒。誰也沒有料到。

2007.8

# 蚊子誌

一萬隻蚊子團結成一隻老虎，減少至九千隻團結成一隻豹子，減少至八千隻團結成一隻走不動的黑猩猩。而一隻蚊子就是一隻蚊子。

一隻吸血的蚊子，母蚊子，與水蛭、吸血鬼同歸一類，還可加上吸血的官僚、地主、資本家。天下生物若按飲食習慣分類，可分為食肉者、食草者和吸血者。

在歷史的縫隙間，到處是蚊子。它們見證乃至參與過砍頭、車裂、黃河決堤、賣兒賣女，只是二十五部斷代史中沒有一節述及蚊子。

我們今天撞上的蚊子，其祖先可追溯至女媧的時代。（女媧，美女也，至少《封神演義》中有此一說。女媧性喜蚊子，但《封神演義》中無此一說。）

但一隻蚊子的壽限，幾乎在一個日出與日落之間，或兩個日出與日落之間，因此一隻蚊子生平平均可見到四五個人或二三十口豬或一匹馬。這意味著蚊子從未建立起有關善惡的觀念。

有人不開窗，不開門，害怕進蚊子，他其實是被蚊子所拘禁。有人不得不上街頭的廁所，當他被蚊子叮咬，他發現雖奇癢但似乎尚可容忍。

我來到世上的目的之一，便是被蚊子叮咬。它們在我的皮膚上扎進針管，它們在我的影子裡相約納涼，它們在我有毒的呼吸裡昏死過去。

深夜，一個躺在床上半睡半醒的人自打耳光。他不是在反省，而是聽見了蚊子的嗡嗡聲。他的力量用得越大，他打死蚊子的機率越高，聽起來他的自責越嚴厲。

那麼蚊子死後變成誰？一個在我面前嗡嗡亂飛的人，他的前世必是一隻蚊子。有些小女孩生得過於瘦小，我們通常也稱她們為「蚊子」。

保護大自然，就是保護蚊子及其他，其中包括瘧疾之神。保護大自然，同時加快清涼油製造業。就是努力將蚊子驅趕出大自然。但事實證明這極其困難。

把蚊子帶上飛機，帶上火車，帶往異國他鄉，能夠加深我們的思鄉之情，增強我們對於大地的認同感。每一次打開行李箱，都會飛出一隻蚊子。

蚊子落過和蚊子不曾落過的地方，看上去沒有區別，就像小偷摸過和小偷不曾摸過的地方，看上去也沒有區別。細察小偷的行跡，放大鏡裡看見一隻死去的蚊子。

2003.1

# 鄰居

我的鄰居。我從未請他們吃過飯，我從未向他們借過錢。我暗下決心，如果我有女兒，絕不讓她嫁給他們之中的任何人，因為他們幾乎像我的近親。

我能肯定他們住在我邊上（住得太近，就在隔壁），但我不能肯定他們是一些鳥、一些兔子，還是一些狐狸（就像我不能肯定我自己是個什麼東西）。

我們交換過對於物價、天氣、中學生校服的看法，但我們從未交換過對於一個過路女孩的印象。我們交換過香煙和傳染病，我們將繼續交換香煙和傳染病。

隔壁女人每經過我的房門，便會朝屋裡張望。我關上房門，就能聽到她消遣打嗝一如消遣歌唱。

她和她丈夫，在他們的房間裡，肯定各占對角線上一個牆角：兩人之間保持最大的距離，使家庭祕密保持疏朗的氣息。

但我承認，我不關心他們靈魂的問題，或他們有無靈魂的問題。

鄰居是偷聽者、竊笑者、道德監督者。我因監督鄰居的道德狀況偶然高尚，而他們以傳遞小道消息的方式向我傳遞時代精神。

時代精神鼓舞老張，把房子租給三個姑娘。三個姑娘畫濃妝，三個姑娘肚子疼，三個姑娘白天睡覺，傍晚洗臉，夜晚站在大街上。

時代精神鼓舞小李和小李，男人一和男人二，摟在床上，嬉笑，哭泣，做遊戲。

大麻和大嬸，像蜜蜂，蜇我的後背，嗡嗡嗡。我回頭看見她們笑，她們發我一包耗子藥。她們問我：「吃了嗎？」我說：「耗子吃了就行了！」

半夜，耗子們圍到我的床邊，齊聲招呼我：「你好，老鄰居！」我叫牠們全滾蛋。在這個家裡我說了算。

我家漏雨，必是所有的鄰居家都漏雨；我家斷電，
必是所有的鄰居家都斷電。我走在38度的空氣裡，
所有的鄰居也走在38度的空氣裡；我在自己的家裡
脫衣服，彷彿是在所有的鄰居家裡脫衣服。

牆壁太薄，我聽見隔壁一家人在看電視連續劇《空
鏡子》。我連夜加厚牆壁，壘起一堵新牆，第二天
晚上還是聽見了《空鏡子》的主題曲。

我縮在屋裡連續七天不說話，不哼歌，不放屁，隔壁
女人推門進來，為的是看看我的生活是否除了問題。

2003.10

## 撒嬌、鍛鍊和發呆

白貓跳入李奶奶的花池呻吟了三聲。聲音很自我，它的懶腰很享受。但花池裡沒有別的貓，而這也不是交配的時候。

我路過花池，驚訝了一下。它回頭對我說，大哥我只是想跟自己撒個嬌。

*

老太太左右瞧瞧，回頭瞧瞧，忽用她的破鑼嗓子唱起搖滾。一定是她的隨身聽在播放搖滾。一定是她孫女喜歡搖滾，就給奶奶的MP4裡灌滿了搖滾。

老太太小幅度扭身並自語：搖滾是個嘛玩意兒？我且清清老嗓子，練下老身子。

*

傻姑娘見別人撅屁股撞樹她也撅屁股撞樹。她呃呃出聲，不知是因為疼痛，還是因為快活，還是因為發現自己竟加入了晨練者的行列。

她媽在一旁鼓起掌來。──可傻姑娘練出個好身體
又有啥用？

*

蹲在馬路中間，不是坐在馬路中間。他蹲著不是在
拉屎，不是在等人，他天長地久地蹲著看來只圖個
舒服，但蹲在馬路中間是為了享受四面來風、八面
蟬鳴？

他的窮鄉僻壤連車輛也不經行。頭頂上各走各道的
飛鳥和流雲他並不關心。

2014.8.26

# 反常

最具視覺功夫的人竟然是個瞎子

　　　如果荷馬不是瞎子，那創造了荷馬的人必
　　是瞎子

最瘦削的人後來變成了方面大耳

　　　釋迦牟尼什麼時候胖過，卻被塑造成那般
　　模樣？

最博學淹通的人卻要絕聖棄智

　　　莊周偏不告訴我們他如何在家鄉勤學苦
　　練，最終疾雷破山

最懂藝術的人只允許自己偶然吟哦

　　　柏拉圖背誦著薩福的詩歌，銷毀詩人們的
　　戶口，在理想國

最不該卿卿我我的人常駐溫柔之鄉

　　　倉央嘉措每每半夜出門，用一卷情歌燒毀
　　了自己的寶座

最講究情感的人也有不耐煩的時候
　　　盧梭把他的孩子們統統送進了孤兒院，並
　且仍然大談情感

最稱道酒神精神的人，尼采，尼采
　　　酒神的最後一個兒子，滴酒不沾，卻也在
　魏瑪瘋瘋癲癲

2004.12

## 思想練習

尼采說「重估一切價值」，那就讓我們重估這一把牙刷的價值吧。牙刷也許不是牙刷？或牙刷也許並不僅僅是牙刷？如果我們拒絕重估牙刷的價值，我們就是重估了尼采的價值。

尼采思想，這讓我們思想時有點恬不知恥。但難道我們不是在恬不知恥地模仿鳥雀歌唱，恬不知恥地模仿白雲沉默？難道我們不是在恬不知恥地恬不知恥？

有時即使我們想不出個所以然，我們也假裝思想，就像一隻蒼蠅從一個字爬到另一個字，假裝能夠讀懂一首詩。許多人假裝思想，這說明思想是一件美麗的事。

但禿子不需要梳子，老虎不需要兵器，傻瓜不需要思想。一個無所需要的人幾乎是一個聖人，但聖人也需要去數一數鐵橋上巨大的鉚釘用以消遣。這是聖人與傻瓜的區別。

尼采說一個人必須每天發現二十四條真理才能睡個好覺。但首先，一個人不應該發現那麼多真理，以免真理在這世上供大於求；其次，一個人發現那麼多真理就別想睡覺。

所以我敢肯定，尼采是一個從未睡過覺的人；或即使他睡著了，他也是在夢遊。一個夢遊者從不會遇上另一個夢遊者。尼采從未遇到過上帝，所以他宣告「上帝死了」。

那麼尼采遇到過王國維嗎？沒有。遇到過魯迅嗎？沒有。遇到過我這個恬不知恥的人嗎？也沒有。所以尼采這個人或許並不存在，就像「靈魂」這個詞或許並無所指。

思想有如飛翔，而飛翔令人暈眩，這是我有時不願意思想的原因。思想有如惡習，而惡習讓人體會到生活的有滋有味，這是我有時願意思想的原因。

我要求蘿蔔、白菜與我一同思想，我要求雞鴨牛羊與我一同思想。思想是一種欲望，我要求所有的禁

欲主義者承認這一點，我也要求所有的縱欲主義者認識到這一點。

那些運動員，運動，運動，直到把自己運動垮了為止。那些看到太多事物的人，只好變成瞎子。為了停止思想，你只好拼命思想。思想到變成一個白痴，也算沒有白白托生為一個人。

窮盡一個人，這是尼采的工作。窮盡一個人，就是讓他變成超人，就是讓他拔掉所有的避雷針，並且把自己像避雷針一樣挑在大地之上。

關於思想的原則：1、在鬧市上思想是一回事，在溪水邊思想是另一回事。2、思想不是填空練習，思想是另起爐灶。3、思想到極致的人，即使他悲觀厭世，他也會獨自鼓掌大笑。

2004.2.20

## 皮膚頌

枕頭的褶皺壓在皮膚上。小蟲子的小爪子在皮膚上
留下印跡。拔火罐*從皮膚之下拔出血點。有毒的
血點。

皮膚。我寂靜的表層。我這不曾遭受過酷刑的皮
膚，幻想著酷刑，就進入了歷史，就長出了寂靜的
莊稼：我這了無歷史感的汗毛。

山水畫在皮膚上。地圖刺在皮膚上。納粹的人皮燈
罩。喬叟時代英格蘭的圖書封皮用少女乳房的皮膚
製成。

沙發，以牛皮為自己的皮膚，卻不具有那死去動物
的靈魂。每一次從牛皮沙發上站起，我總是忍不住
牛鳴三聲。

她的皮膚遇到了花朵：楊玉環。她的皮膚遇到了
冰：王昭君。那些我永遠無法遇到的皮膚，我只是
說說而已。

* 編按：拔火罐即為中醫拔罐之意。

但當我注目我潛伏著血管的皮膚，我也就看見了你清涼在夏季的皮膚。但我還想看見你的骨頭。

無恥的骨頭，裹著雅潔的皮膚，遇到什麼樣的皮膚它就會瞬間變得像骨頭一樣無恥？只有面頰懂得害羞和尷尬。

放大鏡下皮膚的紋理。穿衣鏡中皮膚的灰暗。麻子、痦子、疣子、雞皮疙瘩。皮膚只將命運表達給能夠讀懂命運的人。

我的皮膚內裝著我的疾病、快樂和幽暗。我的幽暗是燈光不能照亮的。

永久的七竅。臨時性傷口。疼的皮膚。藏起來的皮膚。長在裡面的皮膚。失去神經末梢的皮膚。死人的皮膚。

據說鬼魂沒有皮膚也東遊西逛。

據說太空人用皮膚來思想。

你用皮膚向我靠近，或者我用皮膚感受你的顫抖。
我說不準你是否想要揭下我的皮膚去披到狼或者羊
的身上。

2006.6

## 我藏著我的尾巴

我藏著我的尾巴，混跡於其他藏著尾巴的人們中間。

我俯下身來，以為會接近我的影子，但我的影子也俯下身來，擺出一副要逃跑的姿勢。

喝一肚子涼水就能淹死全部的心裡話。

走著，我攤開手，但我不祈求世間任何東西。但是，啊，有什麼東西會自動落入我的掌心？

碎玻璃割破手指，不見蚊子飛來。

我練習雙眼，練得像鷹眼一樣銳利。終於可以看清一切，內心的無奈便無法逃避。

如果你走得太近，我就用不上望遠鏡了。我的望遠鏡專為看你而準備，你應該僅僅待在遠方。

街上的花瓣，是否西施的碎指甲？

我幹過的蠢事別人再幹，我無法阻止。我自己再幹
一遍，只是想顯示我詭計多端。

既不能站在瘋子一邊對常人之惡束手無策，也不能
站在常人一邊對瘋子之惡束手無策。

聰明人趕在天黑以前用完一天的理智。

抬頭望月，我猛按車鈴，同時忍不住像馬一樣朝月
亮噴出響鼻。月亮上真安靜。

星期二，吹熄的蠟燭上一縷青煙。

星期三，南方的蒼蠅打敗了北方的蒼蠅。

我用汽車尾氣招待聚會的老鼠。牠們心滿意足，一
致同意：世界真該死，而牠們不該死。

別嚇唬人，去嚇唬不是人的人吧，他們需要被嚇
唬，就像他們需要被討好。

我用硬幣在你的皮膚上壓出圖案。

你計算天空的重量。玩一玩，行。你若認真，我就
　只好把你掐死。

夜晚的遊蕩者，我們避免相識。

2004.11

## 不必

不必請求那些粉紅色的耳朵
它們只接納有道理的聲音
而你的聲音越來越沒有道理
彷彿傍晚響在法院窗外的雷霆

你把頭髮染得五顏六色但你不是飛鳥
你慌不擇路時唯一可做的是投石問路
星月、山崗，允許一頭大熊啼哭
但在城裡，你一悲傷就像貨幣一樣貶值

不必在自己的胳膊肘上咬出牙印兒
不必打擾牆洞裡的耗子：你的鄰居
在茶杯即將從桌面滑落地面的一剎那
應該以幽靈的速度把它接在手裡

在掙不到大錢時小心花錢
在小錢也掙不到時就把欲望擦淨
但不必在已有的道德中添加新的道德
瞧瞧那些紅人兒，瞧瞧那些白癡

從此孤身一人接午夜的電話

如果聽筒裡只有忙音就拔掉插頭

從此孤身一人剝開花生米

品嘗這沒有道理的滋味，暴露一點點貪婪之美


你越來越沒有道理的聲音被孤獨放大

眼看空無開著坦克攻占你的軀體

但不必依賴安眠藥，請走出家門

尋找一家空中旅店並從那裡眺望你失眠的屋頂


或穿過飄著垃圾味的街道

敲開一戶戶人家收回你過早散發的詩篇

大人物的心理疾病是否值得模仿

再完美的冷嘲熱諷也意味著思想乏力


不必混進電影院，那些散場後

步行回家的人們邁著英雄的方步，但呵欠連連

不必拔出手指中的木刺

讓它疼，讓它感染，讓它化膿

應該以死人的名義反對處死靈魂的雲朵
不必為了方便而鑿穿大地
但是依然，每時每刻都有人死去
就如同每時每刻都有俏皮話變得不再俏皮

從此孤身一人把破舊的自行車騎得飛快
並且不必在廢墟間再數一遍腳趾
可能的話，就從大海上跳過去
不可能跳過去，就甘願淹死在大海裡

1997.7、1998.6

# 不要剝奪我的複雜性

既不要從右邊剝奪我，也不要從左邊剝奪我；既不要為我好而剝奪我，也不要為我更好而剝奪我。

剝奪我我就叫疼而這還是好的。

如果你剝奪一朵花的複雜性它就死掉；如果你剝奪一座墳墓的複雜性比如抽走一塊墓磚，它就給你垮掉，將你捂死在別人的墓穴。

我看似簡單但我其實複雜，像蚊子一樣比深藍計算機更複雜。

大象明白這個道理，從不否認蚊子的複雜性，所以牠對鑽進耳朵講下流故事的蚊子毫無辦法。

下流的蚊子像知識分子一樣複雜，所以保持著知識分子那或真或假的獨立立場，這本身已足夠複雜。

雖然蚊子壽命短暫但它依然是大自然的一部分——你請消滅蚊子試試看。你敢否認大自然的尊嚴那也請試試看。

大自然通過保持複雜性而保持尊嚴——我也一樣。

所以別拔我的羽毛，別改我的日曆，別撕我的日記本。

我生在革命的1963年。不要把我剝奪成一個只會說NO的傻瓜。我曾在1980年代死裡逃生。不要把我剝奪成一個不會說NO的傻瓜。

也不要把我剝奪成一個英雄；

也不要以為英雄總是站在剝奪者一邊或剝奪者的對立面；也不要以為英雄不複雜，就像凡夫俗子並非不複雜。

當你想要一個真實我給你一個虛構；當你想自我虛擬我用一把釘子釘住你的雙腳在大地上。

我在1992年變成五個我：苦澀的我、懷疑的我、不確定的我、笑出聲來的我，以及行舟於洶湧冷酷的歷史之河的我。

所以在2011年我認定將世界區分為黑白兩造的人缺心眼。

連黑白照相機都能容納灰色，更別說擅於分辨浩蕩秋天十萬種色彩的我。

公雞不打鳴時我打鳴。

不要把我剝奪成一隻公雞；更不要以為你剝奪了我就剝奪了公雞的複雜性。為了保持公雞的複雜性請不要剝奪我的複雜性。

我複雜因為四周的鳥雀和走獸是複雜的。

我複雜但現在我累了，願意暫且閉嘴。我閉嘴但依然複雜。本詩到此結束

2011.12.20孟買

# 自言自語

必須有不怕死的決心，
才敢於將廢電池扔進曠野。

必須有不怕死的決心，
才敢於將磷酸鹽排入河流。

在集市上任由自己說東家之長西家之短，
就是任由自己像魚蝦一樣變臭。

而在自己的客廳裡拉屎，
一點兒不亞於在別人的客廳裡拉屎，

需要不怕死的決心，
或至少需要不怕瘋掉的幽默感。

那赤腳走進玫瑰花叢的人，
他是在找死他是在找死；

那揪下每一朵玫瑰並且賤賣的人。
他不找死也是找死。

必須有不怕死的決心，
才敢於賣出自己像賣出一朵玫瑰花。

必須有雙倍不怕死的決心，
才敢於什麼都不賣卻買來一切。

試試闖進烏鴉的行列吧，
看看是你還是烏鴉心跳得更猛烈。

而公老虎和母老虎的私房話，
必須是死過兩次的人才敢於偷聽。

必須是死過三次的人，
才敢於向螞蟻開放他身上的每一條孔道。

必須是死過四次的人，
才敢於變成一隻蝴蝶只關心日落和日出。

日出。那不怕死的人正好爬上山頂，
正好掏出照相機；

一架形如滿月的UFO正好飛入他的鏡頭，
UFO裡正好坐著有一個青面獠牙的怪獸。

他懂得在星辰之間蹦來蹦去的樂趣，
就像你一不怕苦二不怕死，

懂得在行業之間蹦來跳去，
在人群之間倒立行走。

必須有不怕死的決心，
才敢於捏住鼻子尖聲尖氣地說這樣很好。

必須有不怕死的決心，
才敢於在毛主席面前把蠢話說出口。

把自己的心掏出來餵狗，
把自己的肉剁碎了餵老鷹，

是為了活著，既是為自己也是為他人，
為了活成一個只剩骨頭的人。

必須有不怕死的決心，

才敢於一頭紮進一個否定的想法哪兒都不去。


必須有不怕死的決心，

才敢於走到天盡頭。

2002.7

# 麻煩

空調需要加氟了，舊了。

需要加氟的空調更加敵視看不見的大氣了。

大氣中的核放射物質像搶購碘鹽的人攔也攔不住了。

愚蠢一旦變成時尚就攔也攔不住了。──哎慌張的
　　人總是可憐的。

黃河流域出現長江流域的氣候了。亂了。

伏在北方原本乾裂的木桌上可以寫杏花春雨的詩
　　篇了。

霍金，那個倫敦的外星人，用金屬聲預言地球堅持
　　不了兩百年了。

可我的城市還在裝嫩呢，樓房還在長個呢。祝它們
　　堅持發育一千年。

我原本居住在市中心，搬出來就搬不回去了。市中
　　心全建成酒店了。

臨時生活或極昂貴或極便宜。但願地震也是道德
　　的，別震窮人的房子。

窮人和富人互不需要的小資趣味現在殊途同歸了。

西方和東方的浪漫相互需要，也殊途同歸了。我要
　　去拉薩那最高的人間呢。

可是現實一點兒吧，請現實一點兒，──我60年代
　　的牙又需要補了。

到了壞牙的年齡我愛上諸子百家這老人的學問和春
　　秋戰國的星空了。

我知道死人也不是安靜的，但兩千多年前的死人好
　　一些。

他們不操心煤氣灶兩個爐孔壞掉一個這類事。——
　　我叫的維修工還沒來呢。

我的水管漏了，雖不嚴重但地板已經拱起，彷彿在
　　鬧鬼。

我的房頂被樓上那個熱愛鑽探的傢伙給鑽穿了，他
　　也不道歉。

他越來越大膽地活成一個不會道歉的人了，——鬼
　　都怕他。

他以為可以裝修出一個世界。祝賀他搶占了一個與
　　時俱進的嶄新的自我。

我房頂上的燈泡還亮著，——有電。百度比Google
　　更有電。

不明白李耳為什麼變成右派了，而左派為什麼靠近
　　孔丘了。

感覺左也不是右也不是，你就自我證明是個中國
　　人了。

站在三岔路口上不知何去何從，楊子就哭了，而我
　　撒泡尿，意識到自己是中國人。

不論你抬頭看沒看見月亮只要你能背誦「床前明月
　　光」你就是中國人了。

你想站在西方的月亮下大聲背誦《獨立宣言》你就
　　逃不脫做中國人的命運了。

僅中國和西方還搭不成世界我告訴你，還有身毒和
　　大月支。

拜觀音，拜太上老君，燒香如放火，你除了是中國
　　人還能是誰呢？

你內佛外道或者外佛內道，四大皆空卻依然我執，
　　你除了是中國人還能是誰呢？

拜上帝的洪秀全把自己拜成了耶穌的弟弟，是中國
　　人都明白這是怎回事。

複雜嗎？想想。但你從不想何謂中國人你乃是真正
　　的中國人。

中國人對付中國人：裡通外國罰款兩百，亂闖紅燈
　　也罰款兩百，大概是這樣。

聽江上一聲大雁，只有中國人為憋不出詩句而著
　　急，大概是這樣。

喝茶與喝咖啡，口味不同而已，但都需好山環列，
　　好水過眼前。
偷稅漏稅蓋豪宅於山水之間，罵當權者於山水之
　　間，不亦快哉！操！
摸著石頭過河可河水太深了。──智者樂水。
河上的船漏了，船上的修補派和鑿沉派兩撥人打起
　　來了。
鑿沉派罵修補派不是好鸚鵡因為他們學舌還不承認。
修補派回應你們才是鸚鵡因為你們真正在學舌。
河上的船漏了，岸上看熱鬧的人起鬨了，如在唐朝
　　在宋朝。
人一起鬨就變得年輕了，不管三七二十一了。
新聞走在事實前頭是好作家和壞記者的共同夢想。
而在攝影機前一本正經是陰謀家的常態。
常態，我要說的正是常態，如政治問題總被道德化。
而今道德問題又被男女關係化了。
而男女關係成了貪官們最令人津津樂道的話題了。
誰浪漫也不如貪官們更浪漫。
但不男不女已在青年人中時髦好幾年了。
一轉眼我兒子就要上初中了。
兒子的數學題我已經不會做了。

我要喝杯冰水，忽然想到
該換個大號冰箱了。

2010.10、2011.3

# 真理辯論會

真理越辯越糊塗。誰說的？誰說的？

這不是「實踐是檢驗真理的唯一標準」的「真理」，

這不是「難得糊塗」的「糊塗」。

那麼我們說的「真理」是「真相」嗎？

還是對「真相」的無限切近？

真理是嗜血的嗎？——三百個人死出的真理

是否等同於三千個人死出的真理？

是可以預言的嗎？還是僅僅指向過去？

是數學計算出來的夜色一般安靜的結果嗎？

還是此內心跟此內心、此內心跟彼內心的高聲較勁？

尋找真理是更需要不滿和批判呢？還是憂傷的想

　　像力？

在大家徹底糊塗之前會議主持人宣布：「散會！」

……

意猶未盡。再聚攏，再開會。

啊請喝茶，請上廁所，請在門外吸煙開小會，

君不見接電話、打電話的　頭腦開溜再返回。

與會者的頭腦彷彿清醒。早晨，然後正午，然後

　　天黑。

在這些「清醒」的頭腦又一次糊塗之前

有人在會場外開始簽名運動，

要求把真理辯清楚，辨到五一、七一、十一。

怕節假日不夠用？再給你端午、中秋和春節！

你說鞭炮聲是辯論的聲音還是歌唱的聲音還是祈禱

　　的聲音？

你以為獨自沉默就能幸免於噪音？

有人在簽名運動的周圍賣起了麵包、礦泉水和冰棍。

遠處，一座「糊塗」的紀念碑拔地而起。

更遠處，一個瘋子對著曠野高呼：「散會！」

2010.10

# 儘量不陳詞濫調地說說飛翔

每回思欲飛翔

都感身體沉重

每回奮力起飛

頂多騰空五尺

然後墜地

露出本相

有回我高飛到九尺

瞬間心生蒼茫

落地摔疼屁股

屁股大罵心臟

偶夜夢裡懸空

由樹梢躍升樓頂

由樓頂登腳而起

見半月在我左手

我浴三光即永光

我入黑暗遇無人

懷落寞而歸床

上廁所而沖水

次日回味

一聲不響

走路

被一男孩叫「爺爺」
問孫子「你叫啥」
回說「我叫高翔」

2014.11.11

# 垃圾吟

1.

未來者亦製造垃圾不可避免，

他們將在未來製造過去定有此一出，如現在的他
　　們或我們。


現在掛住過去，時間環環相扣。

而時間究竟是個什麼東西？──難住了孔夫子。

孔夫子觀汶水東逝，感嘆時間永續，如垃圾堆上
　　眺望星空的無名者。


中國的星空如印度的星空、埃及的星空，值得
　　眺望。


據說星空時間循另一種算法，

而大地上的時間，在　或者　不在，疼痛說了
　　算，飢餓說了算。


疼痛與飢餓如岩石暗礁椗在時間之河，

這是時間的大風景。

而快樂總是自以為是的。

而假信仰真能拯救一些人。

而假信仰與真信仰究竟區別何在？


2.

你吃喝，你尾隨他人，你有吃有喝。

你自信可以自己走。──那就試試。


沒吃沒喝的人沒的選擇，只好把自己活成一堆垃圾。

先憤憤不平，之後默默無聲。總之是活著。


看見藍天也不激動。


廢物。


廢物而活著，而牙疼，而腰疼。


你倒在自己的床上，或倒下而沒有床。

不像你坐下而沒有椅子──那是有人與你開玩笑，
　　撤走了你的椅子。

如果你倒下，倒向一團空虛，不一樣，不開玩笑，

　　真的，

祝賀你倒向了形而上學。


3.

製造垃圾也可以讓人從早忙到晚。

你急忙製造垃圾，好像幹完這事還要去幹點別的。


就像喜鵲，忙完吃喝忙交配，而再忙也要宣示好運

　　和優美，

餘下的時間，打聽適於死亡的山坳和樹林。


就像某人，走出辦公室，解放的感覺，

第二天還要回到辦公室。


4.

看出了你的本能、你正確的判斷、錯誤的判斷。


你回頭看，垃圾在那兒，

有味兒比如球鞋，有體積比如農貿市場，

濕乎乎的富於生命力，對蒼蠅、蚊子、蛆蟲、老鼠
　　正合適。

十五隻燕子低飛過垃圾堆。
烏雲等待裝神弄鬼呼風喚雨的人。

你從那裡走來，
回頭看，或者看見什麼，或者看不見什麼。
看得見的你管它們叫歷史，看不見的你管它們叫
　　埃塵。

5.
透過眼鏡片上的埃塵，隔著窗玻璃上的埃塵，我看
　　到對面破舊的五層樓的樓頂上　凌亂的碎磚頭
　　中間　呆立著三架停止工作的熱水器。
樓內無人。白天無人夜間也無人。

報廢的涵義。

透過對面那蒙著埃塵的玻璃窗，隱約看得見一個房
　　間內被丟下的污濁的書本、碎鏡子，以及一件
　　曾經姓張或者姓李的舊衣服。

還看見一張胡亂寫下箴言的紙，是的，垃圾，

一張用過的電影票，是的，垃圾，

一份文件、一個不滿、一個自鳴得意、一座大樓、
一輛挖掘機、過期的報紙、賬本和海報。

6.
變森林為紙，
變紙為書，
變書為紙漿，
變紙漿為再生紙，
變再生紙為紙板、紙箱，
變紙板紙箱為垃圾桶，

但變不成森林。
就是這樣。

你也許會說：萬物歸於塵土，大地生長森林。也
　　對，也不對。

沒有確保大地一定會生長森林的神諭，
沒有維護餓虎食人的正當性的教條，
沒有應對每一個國家、每一個部族普遍存在的小偷
小摸現象的法律。

正確與錯誤我們分辨一生。
啊，污泥濁水的正確與錯誤、泥沙俱下的正確與錯
　　誤、滾滾洪流的正確與錯誤。

7.
你吐痰，不夠滾滾洪流，體面人覺得不舒服。
你倒掉剩飯菜，爹媽責罵你浪費因為他們是窮人。

你像石頭一樣滾下山坡，山羊兄弟認為你可恥。
你滿懷信心地製造垃圾，好像表面製造的是垃圾而
　　實際上製造的是別的。

今天的你懷疑昨天的你。

8.

你將平房抬上三十米高的樓房，世界在變。

日本地震，黑色的海浪沖上陸地以垃圾打頭陣。

阿拉伯之春，汽油澆在茉莉花上，縱火全是為革命。

而此刻在此地，人們造海造山全是為幸福。

有人爬上山去，在那裡造雲彩，
又從雲端躍下，落在盛開的花朵上，依然是死。

一輛汽車衝到眼前，有可能撞上你，把你撞成一攤
　　垃圾。

但一隻蜻蜓衝過來，又總是繞你而去，
它死也不死在你手裡。

如三輪哥從兩輛飛速相撞的汽車中間閃身而過。

9.

但是說點別的吧。

我看見了走出銀行的人東張西望。這一刻他不是垃
    圾。這一刻他心事重重。

他可以用兜裡的錢買包子，買書，或者施捨給路邊
    要飯的人——不管真假，
或者去髮廊找個不會幹活的女子——她會呻吟。

他也可以就這麼揣著錢，體驗兜裡有錢的感覺，然
後再回到銀行，把錢重新存進自己的賬戶。

當他再走出銀行時，新上市的樓盤已被搶完，超市裡
    的牛奶已全部下架。一個美麗的女人走上前來
    把一個小孩塞到她手裡，說：這是你的孩子。

我朋友說：
再美麗的女人拉出的屎也是臭的。

幹麼非要把事事都挑明？

10.
所有的人一起把垃圾堆到門前是什麼樣？

所有的人一起把污水潑向地面，從平房，從樓房，
　　甚至從豪華公寓的陽臺上，一起潑出一場污水
　　之雨，豈不會是一樁奇蹟！

所有的人一起按按鈕，拉繩子，沖廁所，該演奏出
　　多大的噪聲！

如果一個人有心，利用這一機會，他該能發出多少
　　電力！

11.
垃圾車播放著1980年代的歌曲《春天的田野》把垃
　　圾運走。

市政管理者和居委會大媽總是落伍的。

不理解：
垃圾和音樂的關係，
垃圾和音樂和北京的關係，
垃圾和音樂和北京和社會主義的關係，
垃圾和音樂和北京和社會主義和古老文化的關係。

快樂的音樂所掩藏的，正如廁所裡的香水所掩藏的；

我不反對這快樂的音樂。

它迴盪在小巷裡，彷彿垃圾也是快樂的。

我出門，遇到垃圾車，我再出門，又遇到垃圾車。
不是垃圾車故意就是我故意。此乃小垃圾。

12.
而大垃圾。
那些搬不走的，比如樓房，比樓房更大的，比如常
　　識，比常識更大的，比如思想。

垃圾人生著垃圾腿。垃圾思想也生著垃圾腿嗎？

不知道究竟對面的是垃圾，還是自己是垃圾。

愚公移自然之山我移垃圾山。
哼唷嗨喲

搬不走垃圾也搬不走自己，自己就成了垃圾。


13.
十五年前我爬上過垃圾山。那現實的垃圾山與象徵
　　的垃圾山。
是一堵垃圾牆橫在城市與鄉村之間。我在那裡遇到
　　過康有為和梁啟超的鬼魂。

一座城市把自己轉化成垃圾之山，堆在城市的身
　　邊，怪不得誰。

一座城市裡的三教九流，把高級垃圾、低級垃圾堆
　　成一座山（或十座山），為分撿垃圾的人創造
　　了就業機會。

吃垃圾這碗飯和吃別的飯本質上沒有不同，

與惡臭打交道的人同樣可以享受到春風來襲。

一個流鼻涕的小男孩在垃圾堆上抱住一個流鼻涕的
　　小女孩同樣是浪漫的。

14.
四十一年前的垃圾歌
（文化大革命中傳唱的也不都是革命歌曲）：
「哎呀，風一吹呀，紙一飛呀，撿破爛的老頭玩命
　　追呀。」

我們唱的是垃圾調，押的是垃圾韻，說的是垃圾人。

垃圾堆裡站起來垃圾人。
愛他是矯情，不愛他是非正義。

垃圾人去了又回來。
垃圾人從未真正地離開。

他們來了，此刻，穿著盜版Adidas，喘著呼嚕聲，
洋洋自得因而誇誇其談。

2011.4

# 紅月亮來了

世上的萬木正進入冬季
世上的銀行正面臨倒閉
世上的廣場正在被佔領
世上的情侶正急入佳境

紅月亮來了。

如若在商代它會被刻錄於龜甲
如若在晉代它會被干寶寫進《搜神記》
這怪異的紅月亮
其西北方的御夫座大排宴席
其東南方的獵戶座冷冷清清
命屬天蠍座的人終於望見天蠍座
讓他們哭過一遍再哭一遍
然後肅立，彷彿對面站著偉大的命運

紅月亮來了。

這對月亮是大事對我們也是大事
月全食，正趕上朗朗天宇
滿足了大地上萬千諸葛亮的掐指算計

而不諳算計的人們只有目瞪口呆

但見月亮一變暗，群星便湧現

群星一直高懸我們頭頂

如同我們的百代先祖一直守在我們身邊

看著我們得意，看著我們失意

看著我們內急而找不到廁所而將廁所蓋起


紅月亮來了。


如若在晉代這是戰亂的徵兆

如若在商代忠臣就要進諫

就要等著下油鍋，被剖心，被剁成肉醬

這美麗的紅月亮也是不詳的紅月亮

帶來寬袍大袖的鬼魂

歌唱，不出聲；吟誦，不出聲。

李白從未寫到過紅月亮是有意避寫嗎？

空曠夜晚一個牽狗的男人抬頭望月

想活成唐朝人而不能


紅月亮來了。

熱電廠的大煙囪噴出濃濃白煙

網絡上的壞消息讓人不耐煩但也沉沉入眠

古語：月映萬川

這怪異的紅月亮也君臨萬川之上

如若在三十年代，它會被指為傷心的月亮

如若在七十年代，它會被指為革命的月亮

而此刻它只是來尋找與之貼切的形容詞

紅月亮對於它自己也是陌生的


紅月亮下，

十字路口上，

一個擺弄相機的男人

打手機給家中老婆

大聲抱怨

這是什麼破相機！

2011.12.15

## 2006年8月6日凌晨夢見熱雨

我對我身體的溫度毫無感覺。在身體狀態正常的情況下人人如此。但熱雨打在我的身上我敏感於它的熱。這不是熱帶——即使在熱帶雨水也是涼的。這是熱雨，是我迄今從未遇到過的事物。它預示著什麼？或它是什麼因造就的果？道路上偶爾有人與我擦肩而過。我是在走下一個山坡。我在一棵松樹下遇到一個小男孩，他告訴我這是來自月亮的雨滴。我想如果真是這樣那就更加奇怪了：我本以為從月亮上落下來的東西會是些冰屑或冰冷的石頭。但這是熱雨；再熱一點就會比小時候母親給我倒的洗腳水更熱了；不過要是涼一點，我就不會覺得那和普通的雨水有什麼區別，那將不過是雨水而已。我懷疑這熱雨不是來自月亮。我懷疑這熱雨落下意在給我一個困境。熱雨打在我的臉上、脖子上，熱雨打在我赤裸的手臂上——原來我的手臂是涼的啊。我有被燙傷的感覺。我叫了一聲，聲音尖細，不是我的聲音。但對面山嶺上竟有動物低聲應和。我亦心憂，我亦心喜——我也許是置身於一個奇蹟，我也許是行走於地獄——世間已經不再有奇蹟了。我的身體開始灼痛。我夢見我躲進路邊一座小屋，小屋中有一老人見我進來，面無表情，但將我推回熱雨

之中。我再次衝進小屋，想暫避這場熱雨，卻發現
小屋裡有了十位老人。他們將我再次推進熱雨之
中。土地上起了霧靄，天空變得窄小。熱雨落在地
上似乎是歡快的。我看見了對面山梁上白色的閃
電。一股熱泉忽然從背後追上我，將我沖下山坡，
我在連滾帶爬中驚醒。

2006.8

一個女人在我頭頂飛旋，然後縱身向上。在她離我遠去時，我看到她的左腳，具體說來是珠圓玉潤的腳趾和柔軟的腳心。我看到她向上延伸去的左邊的小腿肚和更粗一圈的大腿，還有兩條大腿之間幽暗的、溫暖的街區。再向上就看不見了。可以看到凸出的兩朵乳房，但是不完整。

在這個女人飛去之前，在她向我俯衝下來的時候，我看到她的頭髮，飛揚，濃密；我看到她的臉，臉上的每一個細節與任何一張臉孔一樣又不一樣。我沒有能力說出那既是人類又不是人類的面孔。我看到她的兩肩。有一瞬間我還注意到她的鎖骨、她的乳房。再往後的身體就看不見了。偶爾看到她在空中蹬踏的雙腳，好像在游泳池中。

她沒有翅膀也沒有彩帶。她樸素地飛翔。那是真正自由的飛翔。她知道我在看她，但並未特別在意我的觀看。也許她會以離開我的姿態再次降落在我的頭上或身旁。如果她騎到我的脖子上，我能扛得住她的體重嗎？也許她輕如三片羽毛，在我舉手

要抓住她時，她真會變成三片羽毛，而我抓不住任
何一片。

2006.6.1

凌晨3點45分我夢見了你，距你謝世已有25年。

與23年前我在崇文門夢見的你一模一樣，與25年前昏迷在天壇醫院裡的你略有不同，那時你略胖些，與29年前我在北京大學的校園裡遇見的你一樣消瘦一樣年輕。

我夢見你微笑著朝我走來。但你身旁的中年婦女是誰？我不認識她。她冷若冰霜。哦你們這是走在我的世界裡還是走在你們的世界裡？好幽暗的世界！

我像傻子一樣高興地叫你，叫你。「你好嗎一禾一禾？」

我已51歲的年紀。你我在1989年都不曾想到過中國會變作如此這般的2014年的中國。

你微笑著不說話。老樣子。你在另一個世界也微笑嗎？

你走到我跟前卻並未停步，只是步伐放緩，然後微笑著走遠，彷彿有一股力量不允許你停步。一禾你真的已經死去了嗎？你走進遠處一幢門框銀閃閃的幽森的大樓。

而那走在你身旁的女人又自樓門折返，朝我走回。她伸手抱我，她冷若冰霜。

我驚覺，猛地坐起，見月光靜臥在地板上，蒙哥靜臥在櫥櫃下面，窗外的月亮已偏西。

昨天網上說這是今年最大最白的月亮。昨晚我還曾將朋友們從嘈雜的飯局拉到大街上遙望它默默移行在剛剛立秋的天宇。

但我沒想到你會在這樣的月夜來看我。

2014.8.12

2014年11月1日在貝爾格萊德驚悉陳超辭世

後社會主義的田野。
國家分裂餘留下的丘陵。
玉米地包圍的沒有車輛的加油站。
走沒了的人。

飛鳥不照影的池塘。
通向無處的林間小徑。
東正教教堂的新彩畫。小鎮。
走沒了的人。

下沉的河谷，高岸上的村莊。
樹上的不與時俱進的鳥窩。
晾在繩子上的不時髦的衣裳。
走沒了的你。

半新不舊的晨光。
晚風裡隱去面孔的哭泣。
我離家萬里。鐵軌，火車不來。
在無人知曉你的地方，

我念著念著走沒了的你。

2014.11.11

你是我身旁走失的第九個人

需要一支煙時煙抽完了。需要一杯茶時只剩下殘茶。需要有人交談時你剛剛離開。

電話鈴響起再不是你。如果是你說喂世界就是終結。

我走進小賣部。

我續上新茶。

我每活一天都是僥倖。僥倖而心痛。我每多活一天就更加不能理解生命。

2014.11.11

## 但什麼力量使樹木不再生長

看見了使樹木生長的力量，

但什麼力量能使樹木不再生長？

感到了為空氣加溫的力量，

但什麼力量能阻止溫度繼續升高？

聽見了使喜鵲唱響的力量，

但什麼力量能使喜鵲沉默，在一瞬間？

北方的水渠乾涸了。

南方的洪水淹到了屋頂。

使人類生長的力量中　是否包含著

使人類不生長的力量？

是什麼力量只扮演叫「停」的角色？

如果磚頭在生長，像個流氓，

那麼鋼筋一定也在生長，像個家長。

高度，好的。暈眩，好的。那麼，

磚頭的欲望會否被流氓的虛無所取代？

鋼筋的欲望會否被家長的年邁所消解？

我停下腳步，歇一會兒——

風景是給無所事事的人準備的——

萬物皆備與我，我也把自己備與萬物

我也與萬物同悲且同樂

而我身邊的人們還在大步行進。

喜鵲衝在他們的前面。

他們走到海邊停下，大海繼續前行。

什麼力量可以讓大海停下？

2010.1.15

# 悼念之問題

一隻螞蟻死去，無人悼念

一隻鳥死去，無人悼念除非是朱鸝

一隻猴子死去，猴子們悼念牠

一隻猴子死去，天靈蓋被人撬開

一條鯊魚死去，另一條鯊魚繼續奔游

一隻老虎死去，有人悼念是悼念自己

一個人死去，有人悼念有人不悼念

一個人死去，有人悼念有人甚至鼓掌

一代人死去，下一代基本不悼念

一個國家死去，常常只留下軼事

連軼事都不留下的定非真正的國家

若非真正的國家，它死去無人悼念

無人悼念，風就白白地刮

河就白白地流，白白地沖刷岩石

白白地運動波光，白白地製造浪沫

河死去，輪不到人來悼念

風死去，輪不到人來悼念

河與風相伴到大海，大海廣闊如莊子

廣闊的大海死去，你也得死

龍王爺死去，你也得死

月亮不悼念，月亮上無人
星星不悼念，星星不是血肉

2014.11.11

卷二

# 現實感

## 1.我奶奶

我奶奶咳嗽，喚醒一千隻公雞。

一千隻公雞啼鳴，喚醒一萬個人。

一萬個人走出村莊，村莊裡的公雞依然在啼鳴。

公雞的啼鳴停止了，我奶奶依然在咳嗽。

依然在咳嗽的我奶奶講起他的奶奶，聲音越來越小。

彷彿是我奶奶的奶奶聲音越來越小。

我奶奶講著講著就不講了，就閉上了眼睛。

彷彿是我奶奶的奶奶到這時才真正死去。

## 2.奶奶

院子。五百年的歷史。她見證了其中的九十六年。
她坐在西廂房內的小竹椅上梳著頭，梳著頭。門開
著。她的側面。在她周圍，是灶台、灶台上的鍋、
桌子、桌子上的醬油瓶、塑料籃子、籃中的白菜和
胡蘿蔔，還有牆角的柴火。西廂房的屋頂上白雲悠
悠。西廂房內煙薰火燎，像一件被穿過九十六年不
曾洗過的黑棉襖。九十六年把她變成一塊遭逢了大
旱的土地，只有她的眼睛濕潤，濕潤而渾濁，彷彿

尚未完全枯乾的水井。九十六年使她深陷在自己的身體裡。親人們俱已變作鬼魂。她彷彿是代表鬼魂活在這西廂房裡。她那當過國民黨營長的丈夫早已埋在共產黨的青山之下。她梳著頭，梳著頭，一絲不苟。她已不再害怕將這簡單的動做一遍遍重複。她已退到生活的底線，甚至低於這底線。她的髒布鞋踩到了比地面還低的地面。她梳著頭，梳著頭，認真得毫無道理，毫無意義。而花開在門外。當年的花呀……

## 3.高人

孔子的道家弟弟，莊子的儒家哥哥，是同一個人，一位高人，
儀態僅次於神仙，談吐僅次於仙鶴，文筆僅次於我。
他帶著批判的距離感，來到世間走一走，
彷彿最終他還要回到深山老林裡的貧困縣。
但他看上了這城裡的臭蟲；從臭蟲的肥碩足見世道人心之惡。
所以臭蟲必須被消滅，高人必須露一手。

但誰將去頂替他在深山老林裡的位置？

他滿大街尋找僅次於他的高人，找到你的門口。

## 4.佩玲

後來我知道她叫佩玲。

後來她回學校午休，我則繼續在街頭遊逛。

我們是不約而同來到甘蔗攤旁。

我們一大一小兩個人，一起嚼甘蔗，

一起將嚼乾的甘蔗肉吐在地上，

一起看蒼蠅飛來──原來蒼蠅也喜歡甜味呵。

然後我們一起吃米粉，一起吃湯圓，

然後這小鎮上最美的小女生問我來自什麼地方。

我願她快快長大，長成我暮年的女朋友。

## 5.西峽小鎮

偶然經過的鎮子，想不起它的名字。

我在鎮子上吃了頓飯，喝了壺茶，撒了泡尿。

站在鎮中心那片三角廣場上，向北望是山，向南望

也是山。

四個男人和一個女人走動在鎮子上（不可能只有這
　　麼幾個人）。
一條狗從一座房屋的影子裡竄到另一座房屋的影
　　子裡。
生活幾乎不存在，卻也虛虛地持續了千年。
沒想到我一生的經驗要將這座小鎮包括進來。
沒想到它不毀滅，不變化，目的是要被我看上一眼。

## 6.天一黑

天一黑群山就沒了呀。看不見了。不存在了。
彷彿戲唱完演員就退場了，道具也退場了。
漆黑呀。興坪漆黑得就像興坪自己。
飯鋪裡最後一點燈光。炒菜的聲音持續著。
大玻璃瓶中白酒泡著花蛇，沒一點聲響。
還沒到睡覺的時候啊，人也沒了，山也沒了。
可這樣的生活只能發生在山間呀。
仔細辨認，群山哪兒都沒去，影影綽綽，圍著小鎮
站著吶。

## 7.夜行

鬼魂栩栩如生的夜晚。沒有同伴，沒有手電筒，
我走直徑橫穿大地之圓。

祖國分佈在公路的兩側。大雨下在兩座城市之間。
我有鳥的幻想、蛇的憂患。

遠方。樹林迎接我的靠近：
樹葉滴雨，樹腳發麻，閃電叫它們相互看見。

## 8.打鐵

烏黑的鐵匠鋪。打鐵的兩個人。
越打越好的技藝。越打越沒用的青春。
他們打鐵，汗水滴在燒紅的鐵塊上。
他們打鐵和淬火，好像在表演一部電視劇。
依然有人需要一件笨重的農具，除了手錶和電視機，
依然有人在今天將那十三世紀的生活開闢。
兩把鐵錘打一把鐵鋤，把鋤嘴打扁，

然後淬火再打，打到月亮殷紅，打到無鐵可打。

享受一陣晚風，他們聽到了打鐵的聲音。

## 9.怎麼一回事

羊兒吃草，一直到死，一直到死牠們也不吃別的

——只有老天爺知道這是怎麼一回事。

廟門朝南，來自北方的香客也得從南邊進門，再行

　　叩頭

——只有老祖宗知道這是怎麼一回事。

五個蔥芯般的姑娘把人體彩繪冷不丁*帶到老鄉們面前

——只有縣長知道這是怎麼一回事。

白雲移過犄角尖，還是那麼白，卻改變了形態

——只有白雲知道這是怎麼一回事。

## 10.老界嶺

他們毫無理由地繼續爬山，我們決定停步不前。

我們決定把山頂的無限風光讓給他們：讓他們傻眼。

* 編按：亦作「冷不防」，毫無防備、突然之意。

我們決定留給自己一點遺憾，只和半山腰的岩石打
　　一個照面。
大霧壓下山脊，來適應山谷，
就像賣鞋墊的小姑娘爬上山來適應冷颼颼的風。
她決定等到那最後一個從山頂下來的人，賣給他一
　　副鞋墊：
而我們決定等我們的同伴，但不聽他們講山頂上的
　　事情。
我們珍愛我們的決定，他們下來一定會傻眼。

## 11.野豬

據說葦泊鄉西邊那片老林子裡遊蕩著一頭野豬，
這是《山海經》中不曾寫到的動物。
我穿過那片老林子，一次，三次，始終不曾與它
　　相遇。
但這並不意味著沒有野豬，我想。
它肯定也曾聽說偶有人類從離它不遠的地方走過，
其中一位不想暴露自己的懦弱。
但它從未遇見我，但這並不意味著沒有我在想著它。
它那個笨腦子肯定也曾這樣想過。

# 12.黃毛

「文明」和「進步」竟然首先呈現於小流氓的頭頂。這四個流裡流氣的男孩，這四個遊手好閒的男孩，這四個混混，這四個癟三，他們的黑髮染成黃毛，顏色由深而淺。他們在街上一字排開，朝前走，身後跟著三個女孩。陽光明媚。這三個女孩把時髦帶到這窮苦的鎮子上，把支攤賣桔子、香蕉的大嫂和大姐襯托得醜陋不堪。昨夜我看見他們，在小飯鋪裡喝酒。他們是小鎮上睡得最晚的人。他們是小鎮上最浪漫的人。韓國的風、日本的風，吹得他們變了質，他們成了不滿現狀的一夥、瞧不起別人的一夥、不能與環境打成一片的一夥。今天上午我又看到他們，從街這頭遛達到街那頭，然後又遛達回來。而這條街上，無非兩家飯館、一座小學校、一家旅館、一間郵局、一家藥店、一家魚店。魚店老闆在不動聲色地宰殺一隻白鵝。三個女孩中有一個女孩確有些姿色，但她的青春看來只能交給這黃毛中的一個。小流氓自有小流氓的福氣啊。小流氓自有小流氓的難處。

## 13.喜悅

一匹馬拉一車晚霞走進田野。

寂靜的田野。遼闊的田野。有玻璃碴摻入泥土的
　　田野。

我像小資一樣播撒晚霞如播撒糞肥，

我像農民一樣收割叢叢黑夜。


我一身香味但我是個男人。

我的腳陷進泥土但我的身體在上升。

不知道什麼鳥在叫，

我管不住我的心。

## 14.桌子板凳

田野中的桌子板凳邀請我們坐下，

田野中的桌子板凳邀請我們體驗

把桌子板凳安放在田野中的感覺。

是田野中的桌子板凳和我們一起，和一望無際的莊
　　稼一起，

一起組成有人撐死有人餓死的大地。

大地什麼都不說不可能，

我們什麼都不想不可能，

田野中的桌子板凳什麼都不放在心上不可能。

## 15.上推不出三代啊

上推不出三代啊，我也是這小街上坐小板凳吃米粉
　　的人。

上推不出三代啊，我也會駝著背，拄著拐，豁著牙，
　　在家門口傻笑。

上推不出三代啊，我家中也供著天地宗親師的牌位。

上推不出三代啊，我也會無所事事，打字牌下象棋
　　直到天黑。


青山綠水，太多了。

面向秀麗的青山，我竟然睡著了。

蒼蠅在我臉上飛來飛去，

我竟然睡到了三代以前。

# 16.月出東山

我已經不小了，我還會為月出東山而雀躍嗎？

如果我雀躍成一隻麻雀，那些真正的、害羞的麻雀
　　該怎麼辦？

如果我落地時踩到了西瓜皮，那西瓜皮該怎麼辦？

那麼多人雀躍過了，麻雀已統統飛走，

不缺我一個人或一隻麻雀來踩什麼西瓜皮。

我媽瞅著我納悶：「你不高興嗎，兒子？」

我說我高興，只是不想再為月出東山而雀躍。

如果我雀躍時發了瘋，媽，你可怎麼辦呢？

2003、2004

## 一條遲寫了二十二年的新聞報導

某省某縣，我到過那裡。二十二年前。

該地男人百分之八十討生活於地下。

他們乘纜車下礦井，哐哐當當，下到兩百米深處，
　　然後乘翻斗車沿巷道來到掌子麵上。

他們黑色的雨靴踏著黑色的積水，頭上的燈柱戳進
　　黑暗。

地球內部，這裡。滴水的聲音。鋼鐵機器運轉的聲
　　音。礦工大聲說話的聲音。

而地球像個聾子。

也許巷道繼續掘進，就能挖到閻王殿。

而閻王殿裡據說燈火通明。


那時我一記者，隨一老記者去報導這金礦的慶典：
　　開礦三十周年了。

彩旗、氣球、巨幅標語。慶典全是老一套。啊啊，
　　慶典全是老一套。

上級領導肯定他們的工作，駕輕就熟。——等待
　　鼓掌。

銀礦銅礦的準同行們獻上祝賀，照本宣科。——等
　　待鼓掌。

模範職工夠模範，但先進事蹟太先進；職工們胸前
　　掛紅花，自己給自己樂一樂。

我和我同事享受官員待遇，寫報道，住賓館，賓館
　　謙稱「招待所」。

那時我年輕，對老同事言聽計從。
我們題目一起想，內容一起規劃，然後我寫報道他
　　歇著，風格認準誇張，語文水平用到初二。
老同事滿意我的工作，就進一步關心起我的生活。
他直截了當地教誨我：「將來要娶個好老婆。」
他說幸福的生活必須有幸福的性生活作基礎；「回
　　去以後歡迎你到我家去做客。」
他是老記者，顯擺顯擺沒什麼。
他無所不知，顯擺顯擺，天地就為之開闊。
後來我整夜想像何謂幸福的性生活。

他說地下沒陽光啊——自己人的廢話！
他說礦工們收工後必須到紫外線燈光下坐一坐，但
　　還是有人就那樣了
（但哪兒沒有人那樣呢？），

所以他們的老婆——老記者很神祕——有的就在地
　　面上當了破鞋。

那時我年輕，有勁，讀不進聖賢書，喜歡整個世界
　　偏著黃色，
我以為「浪漫」的，其實是人性中預備好的；我以
　　為「浪漫」的，其實酸甜苦辣一樣不缺。
但我從未想過要將此事寫成新聞報道。
我謹守新聞紀律。
或者說我根本不懂人生。
他說的事當然只屬談資*，唏噓一聲就好，就好，
儘管滿足了我對街頭娘們兒的色情想像，但那當然
　　微不足道；

只有國家大事才重要。

但不知何故我牢記住此事直到今天。
老去或死去的礦工們不知道　我當年知道點兒他們
　　的私生活。

* 編按：即為談話的資料。

他們在巷道裡掘進，黑臉，大塊肌肉，肺裡吸滿金
　　色的粉塵，領回人民幣自己的錢。
休息時他們傳遞臉盆裡的啤酒，灌下去，好像喝完
　　啤酒就要輪到他們背誦壯語豪言。
北京什剎海邊上那些喝啤酒的小子們　沒有一個比
　　他們更豪邁。
但我知道，他們中間有人陽萎，
他們的老婆在地面上也許比他們更豪邁。


我現在有了把年齡，早不是記者，
但回想起這事，才看出其中的苦澀，以及它的意味
　　深長，對我所理解的生活。
對不起，我知道了，將此事寫出來並非浪費筆墨。
而且，對不起，我的筆墨直到今天才允許我寫出這
　　件事，二十二年前聽來的。

2007.3.12紐約

## 書於汶川大地震後一個月

不知道如何面對這麼多人同時死去。

不知道地質學語言能否在瞬間獲得道德語言的力量。

語言變得簡單，

打擊如此直接。


既無力安慰他人，

也無力安慰自己。

錯愕。盯住報紙上的圖片。連片倒塌的房屋和孤零

　　零的樹。

街道從此為死者而寬闊。下雨了。


不知道是否可以哭一會兒，

好受一點兒，

再哭一會兒，

再好受一點兒。不知道實話是否可以說出口；


還是悶著，憋著，忍著，

對死亡敬畏著。

不知道在悲痛之後能否喝上一小口。

不知道錢捐得夠不夠。

此刻的貪污犯都該死。

此刻的抒情都該拒絕。

但是連山嶺和山嶺都變得素不相識。

歪瓜劣棗當可以原諒。


躲在人群中縮小自己。不知道是否該敞開家門：

你們來吃吧，住吧，用吧，拿吧。

讓出自己的人，

不知道是否該把自己變成一個小政府或一個臨時民
　　　政部。


停步，老去。下雨了。

什麼都不寫。寫了也白搭。

詩歌不應趁他人的死難而復活。

蚊子叮人，像往常一樣說不上快樂。


雨水佈置下寂靜的夜晚，

我睡，睡不著。

詩歌需要幾片樹葉、一陣小涼風和一顆白月亮。

下巴上長出鬍子茬。內心的溫柔向著陌生的死者。

2008.6.21

# 山頂上的小教堂，山西汾陽附近

後山上暗紅色的小教堂：村子裡最體面的房屋。村子裡唯一的公共廁所，坐落於講衛生的小教堂一側。

只有三塊黑板的村莊。
村委會的黑板，在村委會門口的牆上；小學校的黑板，在唯一一間教室的牆上；小教堂的黑板，在神父宿舍的外牆上。村委會的黑板提倡計劃生育；小學校的黑板只能演算簡單的算術題；但小教堂的黑板上別有天地：上面一行拉丁文，照貓畫虎，是那個意思。

黨支部在哪裡？

萬里方圓之內
也不會有人認識這一行拉丁文！
它只是符號，代表說希伯來文、希臘文、拉丁文和
　　中文的上帝。
奢侈的拉丁文！
公元一世紀的太陽。
從羅馬到中國，從往昔到今日，
誰傳遞下這文字，使之在此褪色，然而依然奢侈？

小教堂內空無一人。下午的陽光透過玻璃窗，暖著木椅和地面。地面上的螞蟻說不準是否天主教的螞蟻，但小教堂臺階前兩隻散步的老母雞的確是天主教的老母雞。它們對我說：「神父去縣城了，晚上才回來！」

我站在小教堂門前，
想像神父眺望遠處的山巒。
山巒蒼古，那取名若瑟的本地神父該如何眺望？
是何人在何時，把天主教帶到這黃土高原？
是何人在何時，出資興蓋起這座小教堂，木板對聯
　　懸在大門兩旁？
小教堂關閉過多久又重新開放？
還是它一直開放因為這裡是窮鄉僻壤？

小教堂孤零零地俯覽著四面的黃土原子和山峁，俯覽著腳下的場院、場院南邊的老戲臺，以及一條公路，繞著場院拐個彎。公路上鬆鬆垮垮地跑著運煤的黃河大卡車。有一輛卡車嘎吱停下，司機跳下車，鑽進路旁的小賣部，買酒買煙，然後出門，蹲下。

遠處山巒靜立，或者說躺著。

從遠處的山巒到這座小教堂尖頂上的十字架，天空
　　灰藍，

一隻儒家鳥雀飛成道家鳥雀。

而天主教的鳥雀與道家鳥雀很難劃清界線。

天空下，放羊的人發明著孤獨者的遊戲，

而放豬的人無論唱什麼都會跑調。


我沿來路從小教堂下到村子裡。沒走幾步，一個穿
花衣的女子忽然繞出一個柴禾垛，歪著脖子與我
搭訕：


「哎喲，沒見過這位大哥呐。大哥打哪兒來呀？」

「我從教堂下來。哦我從北京來。」

「大哥好福氣呀住北京！還能來這小地方看風景。」

「北京的教堂可沒這教堂滋味足哇！」

「我還沒上過北京呐！我要去了北京才信上帝。」


我確信我是遇上了這裡的狐狸精！

黨支部在哪裡？


狐狸精問我：「我們這兒可好？」

我說：「好。這兒鬧黃鼠狼嗎？」

狐狸精反駁我：「好啥好呀，不會有北京好！」

我只好說：「都好。都好。這兒鬧黃鼠狼嗎？」

2007.3.11紐約

# 晨光，西寧

晨光中的南禪寺只給我側臉
晨光照耀它彷彿帶有專門眷顧的涵義

清涼的街道，尚未蜂擁的汽車跑得像馬車，尾氣就
　　　是糞便
而騎車上班的西北人全是默默無聲的冷面孔

我尋找愛上這座城市的理由
八月，上高原，才知天高地厚

羊肉泡饃館比銀行開門更早，但有什麼用？賺小錢
　　　而已
咖啡館裡的服務員從不費心想像她顧客的身分
除非與顧客吵了架，躲在牆角裡痛定思痛

自我安慰的理論是：無論入錯行入對行都是人生
就像無論走過多少彎路看到的全是風景

來自東南的人或許原本來自東北
遠在東北的人或許家在西寧

在老舊的賓館裡，一個姑娘起床，用冷水刷牙，洗臉
將一小堆零碎裝進她的大背包準備出門
晨光找到她的頭髮、耳朵、嘴唇和眼睛

2011.8.16

# 西川省紀行

滿街的胡琴啊　　滿街的唱。

滿街的小買賣　　大喇喇的天。

滿街的閨女　　都叫翠蘭。

滿街的大媽　　熱情的臉。


滿街的好人　　這不是天堂。

做壞人到頭來　　必孤單。

信神的頭頂著　　白帽子。

不信神的也一溜　　端著飯碗。


滿城的小鳥　　想吃羊肉。

三萬隻綿羊　　往城裡趕。

看得毛驢大叔們　　出冷汗。

一泡泡驢尿　　尿街邊。


所以隨地小便的　　是驢下的，

就像缺心眼兒的　　全是馬養的。

那坑人害人的　　如何比？

定是騾子群裡　　長大的。

手抓手的男女　　是褪了色的。
喝酒罵人　　是祖傳的。
奧迪A6　　是奔漢朝的。
剛出廠的舊三輪　　是電動的。

亮花花的太陽光　　急剎剎的雨，
沙蔥韭菜　　可勁地綠。
一根筋的黃河　　它不回頭。
你小子開心　　就扒開嗓子吼。

你小子不開心　　也扒開嗓子吼。
當知有命無心　　不憂愁。
忽然滿城的麻將　　全開打。
滿街的下一代　　玩不夠。

2014.8.19

## 與芒克等同遊白洋淀集市有感

太陽有多亮我不知道
但太陽晃得老漢雙眼含光我看到了

太陽照耀多少人聚在集市上我不知道
但太陽讓鍋碗瓢勺開口說話我聽到了

太陽怎樣煽動莊稼生長我不知道
但被太陽焐餿的飯菜我聞到了

太陽怎樣提攜村幹部我不知道
但省長訓斥地委書記不同於鎮長訓斥村支部書記我
　　知道

人間的集市。集市上的塑料涼鞋
塑料涼鞋裡臭烘烘的腳

上海髮卡卡不出河北姑娘的階級味道
河北姑娘不稀罕白洋淀的菱角

白洋淀的水域在太陽下漸漸縮小
有抗日老英雄一直活到今朝捲入市場經濟的大潮

太陽能否照進陰間我不知道
但擺放在太陽下的冥幣使陰間通貨膨脹我猜到了

太陽像趕牲口一樣把人趕得到處亂跑
跑到集市上的人是不是牲口我不知道

但一個人在集市上混半天或一天
然後還得比牲口體面一點地回到自己的槽頭我想我
　　　知道

人有了錢抽口煙，牲口有了錢睡個眠
白洋淀上的清風乾淨地吹著我想我知道

2004.7.22、2009.8.19

# 三座小石塔，或三潭印月

數百年來大名鼎鼎到俗人也能欣賞的三座小石塔。

發行萬億張的一塊錢人民幣背面的三座小石塔。

花一塊錢時想起它們的人不多——花就花了。花也開了。

兜裡不開花的時候，拾起一塊錢像拾起一片落葉，其實是拾起了這三座小石塔。三朵含苞的石頭花。

\*

我起大早趕飛機飛過黃河長江落地杭州到西湖看這三座小石塔。

17世紀的小石塔上各立一隻21世紀的小鳥它們玩得真辛苦真安靜。

三潭印月，美名——是蠻幹的颱風也毀不掉的美名——可鬆心的小鳥們不在乎。

小鳥們贊成夜晚的風景白天看（虛設一輪白月）：

這是江南土地上最影影綽綽的江南。嗯——

*

荷花蕩裡躲閃陽光的小鬼們習慣了小瀛洲上小導遊
的小喇叭。

湖畔商亭裡的財運猴等待愛花錢的小美人兒上岸好
管她叫「乾媽」或「娘親」。

天下的凡夫俗子、天下的世外高人、領導、小資和
地主，山淡天高風靜波小，這些，全是你們的——

但你們拿不走。

*

三座小石塔說官話：本處水深，不許種菱藕！

三座小石塔說佛話：趴在湖底的妖怪，不許一身爛
泥跳出水面！

三座小石塔說仙話：既然山淡天高風靜波小，月亮
你來吧。

月亮就來在中天——

忽憶「月映萬川」見《朱子語類》卷九十四。——
這是浩大的真理。

*

月色。西湖人的涼鼻尖同指三潭，看銀閃閃的三塔
獨佔浩大的月色竟把真理撂一邊。

性情，小性子，千萬人的一輩子。

在性情的最深處、最濕處藏著字兒字兒叫的小蟲子
名叫「貪婪」。

但貪婪月色是所有貪婪中最優雅的一種。

我身後的大鬍子蘇東坡小聲曰：「贊」。（你什麼時候來的？）

*

中秋夜湖中人讚嘆三十二顆月亮。

他們騙我用三塔各五輪燈月和十六輪月印。

他們也騙蘇東坡，也騙白娘子，也騙乾隆爺，也騙聯合國。聯合國不好意思指「你騙人」；

但乾隆爺笑納石塔點燈的小把戲像笑納江山。

三座小石塔高出水面數百年為了用十五張嘴堅持一個說法：

這可是幻境啊，是能夠虛度光陰的所在雖靈魂出竅
而內心不覺慌亂。

2012.10.10

# 八段詩

## 1.哪一朵色情的桃花

哪一朵色情的桃花曾夢見過這只多汁的桃子現在被
　　我咬下一口
並想到這個問題在西王母的蟠桃園中？
我，齊天大聖，偷偷地進來，還得偷偷地出去。

## 2.面向大海

面向大海，背向城市。
意圖面向海底的城市，珊瑚和水母的城市，5萬年
　　前的城市，
卻看見了空中的城市，那裡遊蕩著狗熊和山貓，是
　　沒有時間的城市。

## 3.習慣性想像

一想到蛇，必是毒蛇，彷彿除了毒蛇沒有蛇；
一想到鯊魚，必是吃人的鯊魚，彷彿全世界都是迪
　　士尼。

對那些無害的蛇和鯊魚，作為一個成熟的男人，我
　　要說一聲「對不起」。

## 4.新江南

天空陰沉這是舊江南。新時代的小鳥飛在舊江南的
　　天空。
舊江南的江面上機動渡輪半新不舊，雖新而舊，走
　　著舊日的斜線。
對岸的樓房蓋得比山嶺高出一截這已是百分百的新
　　江南。

## 5.傳統和鬼

有傳統的地方人多鬼多，甚至人少鬼多，甚至無人
　　而有鬼。
聽一人講話我知道他是鬼，但我不願點破：
害怕嚇著鬼自己，同時也嚇著聽他講話的其他人。

## 6.關於原子彈的對話

同事說：我反對原子彈掉下來炸我一個人！

另一位同事說：如果原子彈啞了火，真有可能掉下
　　來砸死你！

再一位同事說：什麼境界呀你們這是？要是原子彈
　　襲來你們先撤，我頂著！

## 7.老演員

老演員演別人，一輩子活六十輩子，可以了。

終於到了戲演完的時候，酸甜苦辣還在繼續。

老演員演別人終於演到了自己的死。請安靜一會
　　兒，請關燈。

## 8.小演員

化了妝的準備登臺的小姑娘粉衣粉褲，肩膀露在
　　風裡。

她既不快樂也不悲傷，像其他小姑娘一樣。

在邁步登上那古老的露天舞臺之前的一瞬間她提了
提褲子。

2009、2011

# 走過湘西洪江古商城

被遺棄的老人

　　活到94，白白淨淨依然活著，注視著陌生的來人

　　進出昏暗的窨子屋，話很少。

被遺棄的中年人

　　清代小官吏打扮，在另一座窨子屋裡，表演清

官斷案，

　　娛人娛己而已，可領到少許工資。

他老婆還是他老婆

　　大汗滿臉，洗菜用水，切菜出聲，炒菜起油煙，

　　盼望搬進山上的新房，遺棄這本屬他人的舊居

三十年代的小軍閥遺棄了洪江

　　四十年代的土匪遺棄了青樓

　　五十年代的掌櫃的為國家捐罷飛機就遺棄了櫃檯

打壽材的手藝

　　被一個初中文化的青年繼承下來

　　這類生意任你天翻地覆將持續到地老天荒

好風景總是破舊的

　　牆上褪色的標語表達過革命，現在留給遊人

　　槍斃過反革命的路口現在留給了新型資本主義

而舊資本主義退回

　　農業的月色，被埋葬於江聲、老鼠的嘰嘰叫

　　和鬼魂的附庸風雅的吟誦

在某間舊油號的地下

　　幾頓舊黃金重現，歸了政府，不知是否又重新

　　流通回社會？——受不了得勢者的哈哈大笑。

沅江和巫水依舊匯流於舊地

　　運桐油的大船是否會為開發旅遊，響應黨的號召

　　而從水下開回舊碼頭？

2010.7.30

# 鳳凰，沈從文先生沒寫到的

沱江上游某處，某人等待時機。

某人半肚子詩情畫意，外加半肚子沖天怨氣。

他注視著沱江遠下鳳凰城，好像那裡住了一城的
　　親戚。


沱江注入鳳凰城，過三孔橋，撞萬壽宮。

地方太美麗了難怪擠住下太多的人。

兩岸的木房子擠擠挨挨，據說古來如此，

害怕癱入江水的吊腳樓，以木杆自撐，據說古來
　　如此。


詩情畫意在沱江上游下了狠心：

要幹一回！要幹一回！——他要到吊腳樓下扔垃圾，

滅滅鳳凰城裡旅遊業的燈紅酒綠。


他憤怒出靈感像一個發瘋的藝術家嗷嗷叫成一隻大
　　猩猩，

老天爺看在眼裡，就借給他一場嘩啦啦的大暴雨。

沱江上的水手們趕忙收船，

沒成想幫了吊腳樓裡的酒吧間使它們人滿為患。

大雨暴漲江面，上游和支流寂寞的垃圾
有了在鳳凰城露臉的好時機。
鳳凰城原本因落伍而美麗，現在因小資而美麗，
可一霎時，既沒了她的沈從文也沒了她的黃永玉。

書記覺得丟人，遊客認出現實。
鳳凰人習以為常，專業清垃圾的漢子下到江裡。
鳳凰不是鳳凰已歷多時，
正好可以借江面浮滿廢塑料瓶和一次性快餐盒喘
　　口氣。

發瘋的大猩猩擤了擤鼻涕，乘回風兮載雲旗，
回到沱江上游變回詩情畫意。
趕去逮捕他的公安局沒能認出他來便只好回去。
鳳凰城依舊美麗期待著更美麗那個咿呀喂！

2010.7.30

出行日記

## 1.撞死在擋風玻璃上的蝴蝶

我把車子開上高速公路，就是開始了一場對蝴蝶的
屠殺；或者蝴蝶看到我高速駛來，就決定發動一場
自殺飛行。牠們撞死在擋風玻璃上。牠們偏偏撞死
在我的擋風玻璃上。一隻隻死去，變成水滴，變成
雨刷刮不去的黃色斑跡。我只好停車，一半為了哀
悼，一半為了拖延欠債還錢的時刻。但立刻來了警
察，查驗我的證件，向我開出罰單，命令我立刻上
路，不得在高速公路上停車。立刻便有更多的蝴蝶
撞死在我的擋風玻璃上。

## 2.逆行

忽然就只剩下我一輛車了。忽然就望見天上落下羊
群了。忽然迎面而來的羊一隻隻全變成了車輛。忽
然雙行道變成了單行道。走著走著，忽然我就逆行
了！我怎麼開上了這條路？那些與我同路的車輛去
了哪裡？我逆著所有的車輛，彷彿逆著真善美的羊
群。不是我要撞死牠們，而是牠們要將我溫柔地踩
死。走著走著，忽然我就逆行了！我就聽到了風

聲，還有大地的安靜。我沒撞上任何車輛，我撞上
了虛無。

## 3.我順便看見了日出

時隔二十年重返北戴河海濱。當年海灘上的姑娘皆
已生兒育女。我帶來我的兒子，他將第一次見識什
麼叫大海日出。但他牙疼了一夜，我心疼了一夜
——可憐的、幼小的孩子！大海在窗外聚義，我不
曾注意；大海湧進房間，又退出房間，沒有留下一
絲痕跡。我是為日出而來：日出和大海（這是我最
後一點浪漫情懷））。但我為孩子的牙疼忙活了一
夜。第二天早晨我即將入睡時順便看見了日出。

## 4.小鎮上的駱一禾

小鎮：三條大街、一座廣場、五千棵樹、一個朋
友。朋友請我吃飯，在燕趙豪杰飯莊。朋友帶來六
個人，其中一人讓我吃驚：這是駱一禾嗎？但一禾
已逝去十五年！此人模樣、神態酷似一禾；但個頭
比一禾高，書讀得比一禾少。我們握手；他親切又

靦腆。一禾不知道另有一個駱一禾;一禾去世以後這另一個駱一禾依然默默地活著。此事我從未向人提起,包括一禾的遺孀。我守著這個「祕密」直到今天,說不清為什麼。

## 5.小鎮時尚

為什麼這小鎮上的女人人人頭戴大蓋帽?而光頭縮脖子的男人們,蹲在街頭,端著海碗吃麵條。女人們買菜,買鞋墊,街頭聊天,人人頭戴大蓋帽。解放軍的大蓋帽、工商管理員的大蓋帽、警察的大蓋帽、郵遞員的大蓋帽。但在小鎮上,所有應該頭戴大蓋帽的人其實難得一見。戴大蓋帽的女人們身穿花毛衣,不嚴肅也不惡作劇。也許她們覺得美極了大蓋帽。或者,她們出門時只是想戴頂帽子,隨手一抓,全是大蓋帽。

## 6.穿過菜市場

黃昏,(古代詩人思維最活躍的時刻。漫步在斜陽浸染的山道上何等快意!)我一邊羨慕著古代詩

人，一邊穿過這滿地爛菜葉的菜市場。我身邊沒有一個人長得像仙鶴，沒有一個土豆長得像岩石，沒有一根芹菜長得像松樹。但這畢竟是我的黃昏：一個滿不在乎、穿著睡衣拖鞋，嘴裡嗑著瓜籽兒的女人逆光走來。菜市場的斜陽把她身體的輪廓映得一清二楚。她假裝不知道她幾乎赤裸，我假裝沒看見以免別人看到我心中忐忑。

## 7.這座城市避開了我

這座城市避開了我。它給我大雨，使我不能在街頭閒逛。我聽說過的博物館，因人手不夠而閉館。商店裡，人們說著我聽不懂的話。商店裡只賣一種酒，是我不能喝的那一種。我饑腸轆轆找到的，是關了門的餐廳。我大聲抱怨，但沒人在乎。我敲沿街的門，門開了，但屋裡卻沒有人。我靠到一棵樹上，樹葉便落了下來。在這座城市裡我沒有一個熟人。哎，我到了這座城市，等於沒有到過。

## 8.一個發現

你提箱子出門，乘飛機乘火車乘汽車。你抵達你計劃要抵達或沒計劃要抵達的地方，洗把臉或洗個澡，然後走出旅店。你想看一看這陌生的地方──陌生的城市或者陌生的鄉村，你會發現，其實你無法走出很遠。你跨越千山，只是為了見識千山之外的一條或幾條街道、一張或幾張面孔、一座或幾座山頭。你抵達你計劃要抵達或沒計劃要抵達的地方，然後走出旅店。但其實你真地無法走出很遠。這話說出來像一個詛咒，但我不是故意的。

## 9.另一個發現

我走到哪兒，我頭上的月亮就跟到哪兒，但月亮並不了解我的心思。我吃什麼，來到我身旁的狗就也吃什麼，但我和這條狗並不是同類。蟑螂跟我住在同一間屋子裡，我們需要同樣的生存溫度，但我還是在今天早晨用殺蟲劑噴死了七隻蟑螂。飛鳥看到了我所看到的社會的不公正，但我們並不因此分享

同一種憤怒。即使落葉與我同時感受到秋天的來臨，我也不能肯定落葉之間曾經互致愛慕，互致同情。

## 10.變幻

黑夜和小雨使我迷路。在一段停著壓路機卻無人施工的路面上，一個胖子跟上了我。我加快腳步。他開始威脅和謾罵。我並不焦慮我兜裡不多的錢，我焦慮這城市裡只有他和我。焦慮，焦急，我一陣虛弱，忽然我就變成了三個人。我們三人停步轉身，已經衝到眼前的胖子完全傻眼。他回身就跑，我們拔腳就追。我們邊跑邊體驗人多勢眾的感覺真好。直到我們一起掉下一道水溝，直到我找不到我那同伴二人。

## 11.黑夜裡兩個吵架的人

我吸煙。煙霧被窗外的黑夜吸走。黑夜寂靜，鼓勵無眠的人們發出聲響。於是我就聽見了兩人吵架的聲音。吵架聲來自另一個窗口（我看不見的窗口）。我忽然覺得每一個窗口後面都有人傾聽。我

聽見男人高喊：「你給我滾！」我聽見女人毫不示弱：「這房子是我的！」我聽見男人長篇大論地謾罵，我聽見女人長篇大論地啼哭。黑夜。黑夜。黑夜。我學了聲雞叫，天就亮了。吵架的人終於住口。

## 12.罪過和罪過

內急使我急不擇路，內急釋放使我舒暢。哆嗦了一下，我才看見──在沒有隔斷的公共廁所──怎麼回事？──左右兩個女孩，也站著撒尿。那場景令我驚訝：那兩個女孩竟敢激進反抗她們撒尿的傳統。我正想誇她們勇敢，她們迅速擺出良家婦女的做派。她們從隔壁招呼來男人把我扭送派出所。我作為流氓轟轟烈烈地穿過大街。我問警察是我誤進女廁所的罪過大，還是女人站著撒尿的罪過大。警察答不上這個智力難題，就把我放了。

## 13.襪子廣告

走過賣襪子的廣告牌。廣告牌上說「這正是買襪子的好時節」。這為什麼不是補襪子的好時節？這為什麼不是脫襪子的好時節？所謂小康社會，就是人人可以在穿鞋之前穿上襪子；所謂富足社會，就是有人不屑於在穿鞋之前穿上襪子。我猜走過我身旁的人，有一個的襪子已經被腳趾洞穿；另一個是臭腳，然而襪子完好。我猜我的襪子有點羨慕那些新襪子。我猜我的雙腳有點羨慕陽光下的赤腳。

## 14.尷尬

巨大的陽臺上，一群吃飯的人。我舉止得體，談吐配得上那十八世紀的建築和大有來歷的餐具。但我不該得意忘形，不該急於表達我對這世界的真實看法。報應來了。西瓜嗆進我的氣管。我控制不住我的咳嗽，不得不離開餐桌。一塊嗆進我氣管的西瓜逼我領受我必得的羞辱，因為我咳嗽得過於真實。他們看著我，同情我的尷尬，然後繼續他們關於世

界的不真實的談話。他們甚至比我大聲咳嗽開始之前更文雅。

## 15.洗澡感想

浴缸是別人用過的。不過沒什麼──手裡的鈔票也是別人攥過的，頭上的月亮也是別人讚美過的。但依然，這是別人用過的浴缸。是女人用過的還是男人用過的？是漂亮女人用過的還是惡俗男人用過的？不過沒什麼──在異地還能有個浴缸洗澡就算幸運了。我告誡自己，應該認命地、默默地生活，包括認命地、默默地用別人的浴缸洗自己的澡。不過我一默默，蟑螂就從犄角旮旯裡摸了出來。不過沒什麼──沒有老鼠出來就算幸運了。

## 16.坐在一家麥當勞裡

我注視著門口。進來一個背粉紅色雙肩包的女孩。進來一個戴耳機和墨鏡的男孩。進來一個男人、一個女人，在門外他們是摟著的，進門時才鬆開手。進來一個面無表情的男人，帶進一個小女孩，也面

無表情。進來一個邊進門邊閱讀手機短信的笑眯眯的女人。進來一個轉了一圈，張望了一下，又出去的半老男人⋯⋯他們每個人都有一個名字、一張嘴、一個胃、一副生殖器。在數到第十七個進來的人時，我站起來，帶著我的一套傢伙走出去。

## 17.有人

有人在上海活一輩子，有人在羅馬活一輩子，有人在沙漠的綠洲裡活一輩子，有人在雪山腳下活一輩子——你從未見過他們。有人從上海出發，死在雪山腳下；有人從綠洲出發，幾乎死在羅馬，卻最終回到綠洲——你從未見過他們。我寫下這些字句，沒讀過這些字句的人也活一輩子；讀到這些字句的人也許會說，這人說的全是廢話。且慢，我見過你嗎？我想來想去沒見過你。我們各活一輩子，也許在同一座城市，同一個小區。

2004、2005、2007

## 訪北島於美國伊利諾伊州伯洛伊特小鎮。2002年9月

一千噸烏雲
像大草原上散開的蒙古騎兵呼拉移過伯洛伊特上空

一千噸烏雲分出十噸烏雲
砸向伯洛伊特像蒙古騎兵摟草打兔子絕不放過哪怕
　　衰敗不堪的小鎮

翻開落葉，是溺死的昆蟲
走進空屋，會撞見濕漉漉的鬼魂顫抖個不停

小汽車抵達小旅館
小旅館的吸煙房間裡煙味淤積不散即使打開屋門

這吸煙的過客一天要吸三包煙嗎？其憂鬱和破罐子
　　破摔的程度可以想見
而本地人憂鬱更甚

眼見得鎮子上的一半櫥窗空空如也
卻絕不動起吸煙的念頭，這真對得起停車場上寂寞
　　飄揚的美國國旗

這是三岔路口上的伯洛伊特
只有兩三個人在銀行的臺階上低聲交談

只有一個人在借來的白房子裡
用菜刀剖開紫茄子，相信燒一手好菜就能交到朋友

黃昏過後是夜晚
夜晚過後是只能如此、只好如此的流亡者的秋天

秋天將樹葉一把揪走
只有一個人為此而心寒，瑟縮為一個原子

並且伸手捂住他桌上的紙頁
彷彿天際一陣大風越過了地平線來到面前

2002.9、2009.8

# 抵達義大利翁布利亞拉涅利城堡Civitella Ranieri

花朵選擇了紅色便不再選擇粉紅色。它們在白天是
　　紅色，在夜晚也是紅色。

斷頭的石頭雕像　立在花叢中──曾經模仿某人形
　　態的石頭　現在僅僅是石頭。

除草機轟響，除草工人整天忙碌。我們打過一次招
　　呼，而這就算友情。

除草工人並不關心我飛越萬里，在羅馬落地，搭火
　　車到佩魯賈，再轉汽車到翁拜提。

外來人住進城堡，輕手輕腳。但我卻住進從前的穀
　　倉，眺望雨打城堡的風景。

立刻想到了卡夫卡的城堡，立刻給自己安排角色，
　　好像一個故事就要開始。

刺猬的小小乾屍被我移出門外；用壞了的屏風我繼
　　續使用。

不知如何轉變才符合城堡對我的期待。吃完桌上的

香蕉，我便開始思考「文明」。

2006.8.6

# 數次航行在大海上

徐福的大海、鄭和的大海、哥倫布的大海、索馬里
　　海盜的大海，是一樣的大海。

蘇軾所說的空濛的大海，他所懼怕的大海，他所跨
　　越的瓊州海峽。哦，失魂落魄的他。

謝安遊海，不知他所乘船隻的噸位。風來浪起。
　　哦，穩坐的他。

李白欲學安期生東海騎長鯨，終於溺死於江水而不
　　是海水。大海終始是他想像的對象。

秦始皇連弩射長鯨聲如奔雷。憑噪聲可知其帝國的
　　強盛。


別人的文明由海水裡誕生？鹹的是嗎？我的文明由
　　泥土裡抽芽？苦的是嗎？

大海空濛，海水冰冷，25分鐘可以致落水者死命。

若阿芙洛狄忒忽然，站在巨大的貝殼上冒出水面，
　　她必滿身雞皮疙瘩才對是嗎？她那一對波提切
　　利的小乳房必如海水一般冰冷，乳暈縮在乳頭
　　周圍。

大海浪漫而可怕，特別是在雨天，在傍晚，在寒
　　風裡。

我已數次航行在歐洲和北美洲的大海上。記憶著
　「大海航行靠舵手」的警句，使我不同於其他渡海
　者。我理解該警句的意思就是把命交給舵手，就是
　　　自我放棄，就是革命同時宿命。1966－1976。
舵手他此刻或許在讀報，像放任飛機自動飛行的飛
　　　行員，甚至把報紙蓋在臉上打盹。

我已數次航行在大海上：去年行走於出產白色大理
　　　石的帕羅斯島與野狗亂睡的雅典之間，
今次行走於九種色彩的維多利亞與七種色彩的溫哥
　　　華之間。大海是一樣的。
輪船，鋼鐵巨物。輕易地飄浮。

與我同行的Joan在船艙裡批改學生的作業。
甲板上有蓋著毛毯睡在風中的姑娘、站在艙門口堅
　　　持吸煙斗的老頭、扶著欄杆發呆的青年、抱著
　　　孩子走來走去的中年婦女。但沒有三峽渡輪上
　　　賣花生米遭到鄙視的髒兮兮的小女孩。
遠處另一艘輪船如巨鞋漂浮在海面。泰坦尼克號撞
　　　向冰山。

我站在甲板上，等待長鯨躍出水面：長鬚鯨或座頭鯨。

我見過長鬚鯨的模型，在紐約自然歷史博物館；也
　　見過它比鹽更白的骨頭如海上漂木橫放在Port
　　Renfrew的一家路邊餐廳裡。我在那裡要過一份煎
　　三文魚\*炸薯條。

但，沒有長鯨躍出水面。我的夢想落空不算啥，但讓
　　李白的夢想落空該是老天的刁難。

我已讀破10萬卷書行過10萬里路。但沒有長鯨躍出
　　水面。

或許向生活要求美麗甚至壯麗的報答乃是奢侈的僭
　　越。不能這樣。

島嶼一一掠過。海面瞬間廣大。白色的海鷗落在白色
　　的船艙頂上。大海由藍色變成灰色變成黑色。看
　　見島嶼上的燈光一霎心動。

海風越颳越猛。朱湘蹈海沒有明確的訴求。慘白的巨
　　浪彷彿由船尾噴射而出。

2009.10.27維多利亞

\* 編按：三文魚即為鮭魚。

三次走在通向卡德波羅海灣的同一條路上

第一次

出門向右，遇路向左，上大路右行。經過松樹、柏樹、楓樹、楊樹，一路下坡，看見了海灣。經過拉著窗簾的白房子——要是中國的鄉村建築也開始講究色彩搭配；經過門前停著一部除草機的灰房子——要是中國的鄉村建築周圍也開始講究園藝。向前走，右邊一家為退休老人服務的診所，沒有就診的人；左邊一條岔路，不知通向何方，再向前，一排商店賣本地產水果、蔬菜，還有國際標準化的文具、藥品、汽車配件；它的西端一家星巴克，常常是沒有人的。經過一個公共廁所，男廁和女廁兩門並立，到停車場，先看見狗，又看見海鷗和烏鴉，再向前，就是幾百萬年來天天如此大海。

第二次

疾走於公路旁的輔路，一頭雄鹿從樹林裡竄出，在距我七步遠的地方橫越過輔路和公路，竄步到公路的另一側，站在草地上回望我。公路上車輛稀少，但仍有車輛駛過。這頭雄鹿在公路的另一側回

望我。我停下腳步。時間在下午5點左右。秋天正從樹枝上揮下生長了近7個月的樹葉。草地依然綠色，但樹木呈七種色彩。印象主義的涼意。那頭頭上生角的雄鹿，沒有同伴。它的生活基本隱蔽。它或許曾在林葉中注視過我。於是決心讓我也看見它。我看見了它，但不會它的語言，只能分享其沉默約5分鐘。當我繼續走路，我意識到，我所知的自然中包括進了這頭雄鹿。一種感激之情油然而生。

第三次

沿路走下這高坡。回頭看，沒有車輛，也沒有人。繼續走，忽然沒來由地覺得身後，自那高坡上，雲霧滾滾而來，豬群滾滾而來，人群滾滾而來。不再回頭了。前面是海灣。我知道十月的風正跟隨著我，自那高坡上，天空滾滾而來。聽見了烏鴉的叫聲，在前方。而我身後，1976年滾滾而來，1989年滾滾而來，理想主義的豔遇和爭吵滾滾而來，虛無主義的破罐子破摔滾滾而來。我慢慢走，不回頭，不讓他們看見我難過的樣子。我慢慢走，他們就跟著我，我就是走在最前頭的人。身後哭聲罵聲笑聲

歌聲混成大時代之聲。已經看見海灣了，可以停步了，轉過身來。一個人也沒有。

2009.9.29維多利亞

## 連陰雨

不是長頭髮──是長毛──是石頭上長毛　是麵包
　　上長毛

是連陰雨

是連陰雨讓　衣服長毛　心靈長毛──這是衰朽的
　　內驅力

讓木頭長出蘑菇　讓口腔長出潰瘍──同一種力量


讓愛長毛──愛　不是需要毛嗎？

讓抒情長毛──這才能顯現出不長毛的抒情──中
　　老年的抒情


長毛就是長醭──我媽說　就是發霉──我爸說

長毛在瓦片上　在夜晚11點以後的街道上

鐘錶的滴答聲──

雨說話的啞嗓子──

長出犯罪者　徘徊者　猶豫不決者──這是連陰雨
　　的效果


淋濕的女人──


80天的連陰雨──還不算長久

80天的連陰雨覆蓋30萬平方公里的土地和大海——
還不算廣大


淋濕的女人孤獨而可憐——


是連陰雨　讓鞋子進水　濕了襪子——腳冰涼
然後水推進在人的身體裡
從下往上　頂到大腦——那裡一片汪洋
連陰雨下在汪洋大海之上——貨船駛向亞洲——雨
　　下在日本的庭院裡


有人老去　在中國——
雨下在遠離岸邊的工廠裡　下在鄉下
廚房的屋簷上　水滴滴個不停——飯菜備好　在不
　　好不壞的年頭


在不好不壞的年頭產生不好不壞的念頭——
有人死去
運氣不好的人　不甘心　遂移居到城裡——半個人
　　不認識

窮人和富人　長一樣的毛

但富人並不擔心——可以扔掉長毛的東西——不包
　　括他們自己

好經濟和壞經濟　長一樣的毛

但好經濟知道　怎樣做長毛的生意——


能夠避開連陰雨的事物　避不開長毛

憤憤不平者的詛咒——


內在的生活膨脹——

海鷗和烏鴉　個頭巨大——

小超市裡的黃瓜　個頭巨大——這是連陰雨的緣
　　故嗎？


門軸膨脹——開門的聲音——狗亂叫

狗亂叫的內驅力　也就是樓上腳步聲的內驅力

也就是衰朽的內驅力——朝向死亡的內驅力

表現在連陰雨之中　就是長毛


就是禿頂的人不長頭髮而長毛——這也就是新生

發黴然後新生——

在雨中——

這是連陰雨的力量，看吧——

2009.10.19維多利亞

# 我思想的群星來到芝加哥上空

我思想的群星來到芝加哥上空
其中一顆下降，沿希爾斯大廈頂部的兩根電線杆下滑
芝加哥人喜歡立電線杆於大樓樓頂
就像北京人喜歡在三十三層樓上加蓋太和殿的歇山脊
或者在三十四層的樓頂四角設立四尊白水泥天使
芝加哥摩天樓頂部的電線杆不同於第三世界的電線
　　　杆立在狹窄的街道旁
被亂麻般的電線拉扯，被三輪車和暴發戶的蘭博基
　　　尼衝撞。


我的十萬八千顆星星，思想的星星，停在無雲的空
　　　中有如UFO靜止的巨陣
俯視這帝國主義的鋼花鐵水：
這電力的奇蹟、石油的奇蹟、蜿蜒於高密度樓宇之
　　　間的鐵軌的奇蹟
我的一顆星星下降當一架小飛機大搖大擺地掠過曾
　　　經是洋蔥頭遍地的芝加哥
我的星星沒見過世面所以小心眼兒
它要用金剛小刀撬下芝加哥路燈燈罩上的紅瑪瑙

還要刮下百貨商店前畢加索那並非上乘之作卻大名
　　鼎鼎的雕塑上的紅漆
還要堵住玉米大樓裡每一輛汽車的排氣孔

芝加哥也是一群星星約三百六十萬顆沒心沒肺瘋狂
　　閃亮
是泰山般的資本沒心沒肺，是天才的大腦、禿腦門
　　或茂密的頭髮瘋狂閃亮
那來自五大湖的風
颼颼吹起身高二十米的永恆巨星瑪麗蓮‧夢露的白
　　裙子
而只有身高二十三米的男子，更大的星星，才能將
　　她抱在懷裡
他們的色情不是我們的色情
於是來自中國的吸煙者悶悶不樂，不合時宜地點燃
　　手中讚美惡習的煙捲

不論何處都有不知如何使用自由的人（不是開玩笑）
只有芝加哥人懂得如何使用自由，所以他們抗議，
　　罷工，做愛，依賴咖啡

依賴遠方老舊的縫紉機堅持低成本勞作以支持本地
　　的時尚
而無情的石油老虎、蠻幹的電力大猩猩
遠道來到芝加哥，化妝成石油的小貓和電力的小猴子
這是偉大的城市，星星吵鬧的地方
世界圍繞著它選擇暗淡

三百六十萬顆星星遮蔽三百六十萬個欠帳不愁的懶鬼
三百六十萬個游手好閒的夢想家為暗淡的世界貢獻
　　價值觀、詩歌和垃圾
我思想的群星路經芝加哥上空
順手從地上拉起因歌舞過久而顯得疲倦的芝加哥（一
　　齣歌舞劇）
那安靜的橋樑將身子聳得更高些
黎明，橋樑上有孤獨者再看一遍他熟悉的風景
感覺世界如此壯麗如此陌生。

2011.12.11

# 所見

一個不像女人的女人坐地乞討夠糟糕

更糟糕的是她還無家可歸

更更糟糕的是她還懷有身孕

而最糟糕的是她居然沒有裝假

是沒辦法了

認命了

一個不像女人的女人坐地乞討無家可歸還懷有身孕

在芝加哥十月的夜晚

十月的夜晚街旁廣告燈箱格外明亮

廣告燈箱格外明亮她卻一個人黯淡並且默默無聲

也不去舉牌子抗議

也不去演講

也不去佔領華爾街

而只暖熱了屁股底下的一片紙板。

2011.12

# 過羅湖海關從深圳返回香港

同樣的小雨，落在深圳和香港。

過羅湖海關之前雨已經下起；

過了海關，雨既沒停止也沒下大。

同樣的天　黑下來，

同樣的燈火　我想說它們不同樣。

一些東西霎時遙遠：

方才會議上領導的陳詞濫調

留在了社會主義市場經濟的那邊；

方才與小李、小呂握手的感覺

被我帶到了Connie和Diana面前──

再握手，我回到這彈丸之地。

彈丸之地的書攤上賣著一個大國所有的祕密。

China和China Town，你要哪個？

小China Town和大China Town，你要哪個？

為把China建成China Town，兄弟，你尚需努力。

大陸手機換成香港手機，

人民幣換成港幣其價值就變得普世。

有人悄悄驕傲著被殖民，

而火車上大聲說話的人忽然壓低了嗓音。

瞬間之事：凌亂變整潔，

簡體字變繁體字確證了「禮在四夷」。

而我是習慣了喧囂和諸般噁心的人，

就像我習慣了空氣和自己。

我深圳的一泡尿憋到香港並沒有什麼目的。

2010.11香港、2012.4香港

# 在香港等待颱風「鯰魚」。2010年10月

門衛在旅館的玻璃門上將乳白色的膠帶貼成米字。

送快遞的黃色麵包車匆匆駛來又匆匆離去。

我逗留的聯福道上行人稀少，但本來聯福道上行人
　　就稀少；

遠處的高樓矗立著，但本來它們就矗立著。

風大了些，旗繩噹噹敲著灰色的金屬旗杆。

施工現場的竹竿腳手架究竟能否確保安全我不得
　　而知，

究竟能否在颱風之後依然故我我看懸。

颱風「鯰魚」已橫掃臺灣東北，電視裡報導了；

已抵達福建和廣東，電視裡也說了。

香港天文臺已掛出三號風球，然後也許是八號。

這促使我決定在颱風到來之前去繁華的街市走一遭，

去熱愛一下噪聲和人流，去見證一下驚慌的面色。

老房子、小商販和妓女集中在油麻地和旺角。

時代廣場玩概念，廣場非廣場而是購物中心，矗立
　　在銅鑼灣。

燕窩、草蟲依然在批發，可賣給誰呢？大陸客也不
　　永遠是土鱉。

書攤的永恆主題中共內幕與本地色情，此時也不
　　例外。

中國幸好有香港。廣告上說得對：排毒才能養顏。

越憤怒越狹隘的法輪功只關心反對共產黨他們越來
　　越無害。

颱風「鯰魚」就要來了！海上已掀起12米高的巨浪。

據說200年前有過這樣可怕的颱風，那時還是清朝。

我買了兩盒方便麵──顯然是在起鬨。

不過我確也略有擔心，遂允許自己喝一瓶可口可樂。

此刻，中央圖書館原本該有一場演講在進行，

但演講取消了，那演講人就成了無事可做的我。

颱風，會死人嗎？花花世界需要被颱風傷害一下嗎？

地鐵需要停運嗎？飯館需要歇業嗎？

政府官員需要在災害之中衝鋒陷陣他們表現的時刻
　　就要到了！

知識分子需要有機會登上道德的制高點他們的莊嚴
　　準備好了！

而我在逛街！逛街的人碰到逛街的人。轉頭看，

一個少年與等待綠燈過馬路的女孩搭訕。

人到中年我什麼沒見過！什麼都見過我只是還沒見
　　識過颱風。

一圈電話打出去，給家人，給朋友，

我有點興奮，好像盼著颱風來，好像它不是災難，

好像它到來只為我，好像它是戈多終於要露面，

好像我此來香港就是為了經歷一場颱風，

淋著大雨，看水漫軒尼詩道，看7米巨浪竪起在尖
　　沙咀岸邊。

也許樹幹會被折斷，也許房頂會被掀飛。

我感到這商業的都市它的每一個悲劇的毛孔全張著。

颱風呢？颱風呢？颱風呢？颱風怎麼還不來呢？

颱風不會繞過香港而去吧？

新聞：颱風的確繞過了香港。

2010.10.23

卷三

# 曼哈頓亂想

——給張旭東

終於明白，是中國人，就沒辦法：你頭上父親的父親、祖父的祖父，盤旋如一架架直升機（只是沒有聲音）。他們追蹤你來到曼哈頓，在你的頭項捶胸頓足（只是沒有聲音），要求你承認天使不是少年，而是老人。

老天使們吸煙，但曼哈頓吸煙的人越來越少。曼哈頓本地的少年天使認為，吸大麻比吸煙更講究衛生，而且更前衛。對此老天使們在曼哈頓的天空破口大罵（只是沒有聲音），並且吸更多的煙，好像他們但求一死。

而你不想加入天使們的爭吵。這不是你的地盤。在曼哈頓，你一咕嚕就變成一個清朝人，你一吐痰就變成一個明朝人。嘿，要是唐朝人來到曼哈頓，他們會給這裡的年輕人一頓鞭打；而宋朝人，他們會在這裡像丟江山一樣丟光兜裡所有的東西。

你不得不是從前曾經是過的某個人。這有點丟臉，但沒人知道。沒人知道你偷偷帶來了一整套有關投胎轉世的、未經驗證的理論。這理論說：你母親生下你，便同時也生下了你的影子你的花鳥蟲魚。

沒辦法，你所有的喜悅都是中國式的，你所有的憤怒都是中國式的。有時你不得不宣佈：你的憤怒比中國式的憤怒更「中國」，而不是更「憤怒」。這好萊塢的遊戲規則你若敢反對，你就是反對市場的鐵律。

（但是在曼哈頓，人們不能區分黑龍江人的憤怒、四川人的憤怒、廣東人的憤怒。人們可能會認為吳儂軟語的上海人不懂得憤怒。只有西藏人的憤怒尚可理解，因為西藏人在大雪山上祈求平息他們的憤怒。）

是中國人，就必須比古根海姆博物館的後現代主義更後現代主義，比哥倫比亞大學的女權主義更女權主義，比杰姆遜腦子裡的馬克思主義更馬克思主

義；好像只有這樣，才算做成了中國人。不這樣行嗎？不知道，在曼哈頓。

曼哈頓的雨，落在你頭上只有雨水總量的千萬分之一。曼哈頓的風，擠過兩幢摩天大樓的縫隙，瘦成刀片，刮掉你的鬍子。但是為了弄出一個「真正」的中國，你得弄出一個「偽中國」，也就是說，你得在臉上貼一片假鬍子。

你得像賣鹹魚一樣把你的民族主義買到世界市場，或者你得像反對鹹魚一樣反對別人的民族主義。你有責任維護你蒼蠅亂飛的魚案，好像只有這樣，你才能從市場管理處領到可以任你像蒼蠅一樣亂飛的許可證。

一個可以被分享、可以被消費的「中國夢」：一道蜿蜒在荒山禿嶺間的灰磚牆、一支行進在地下的穿盔甲的大軍、一座女鬼出入的大宅院、一個搖頭晃腦的讀書人……中國是遠方一朵蓮花，只適合吟誦，不適合走近。

最終，連動盪社會中的血腥之氣也可以被收集加工成廉價的鼻煙，在曼哈頓的電影院裡隨爆米花一起成瓶銷售；而大紅的綢緞，既可用於婚禮，也可用於革命。依然不可理解的是為什麼中國人到現在還「吃孩子」。

他們同樣不能理解為什麼在中國，叔叔、阿姨投胎為叔叔、阿姨，而大哥、二嫂尚未長大成人就已經做了大哥、二嫂。但你必須選擇其中一個身分，選擇五歲學習行酒令，八歲學習耍貧嘴，十三歲學習講黃段子。

最重要的是你得在學會講黃段子的同時，學會面對土匪司令不吭一聲。當土匪司令睡了大覺，也就到了你大叫大嚷的時辰。你一大叫大嚷，你的周圍像換布景一樣頓時聳起賭場、飯館、旅店和洗澡堂。

2002年，秋天，曼哈頓唐人街。除了大叫大嚷你沒有別的辦法講出你的心事。而神機妙算的黃大仙知道，你不曾大叫大嚷，所以你不曾講出你的心事。

所以你不一定有什麼心事。唐人街上的爛蝦找到
臭魚。

1911年穿馬褂反對專制的中國人、1979年穿中山裝
花美元的中國人、2000年穿西裝大嚼滷鴨子的中國
人，是比中國人更偉大的中國人，因為他們長著政
治的腦袋、政治的胃（而在唐人街，政治變通為花
邊新聞）。

波蘭人、捷克人、匈牙利人、羅馬尼亞人，因為有
所信奉故而難以被改變面孔，但中國人難以被改
變面孔是因為大家什麼都不信（兩者不容混為一
談）。唯一的問題是，相信一個什麼都不信的人是
一件困難的事。

說「是」，等於說「不是」，是難以理解的辯證
法。世貿大廈並非依循這種辯證法沖到四百米高
空，然後化作一個虛影。說「是」等於說「不
是」，是三百歲的曼哈頓所不習慣的老謀深算、禮
貌待人。

據說在中國，有人吸風飲露，活到七百歲，真的。有人喝了符水就能刀槍不入，真的。學生們讀到，車胤少時家貧，夏天以練囊集數十螢火蟲照明讀書。此事見載於《晉書》，所以是真的。但所有這一切合在一起便是假的。

據說在中國，有人不用炸藥、推土機，全憑意念便能將大山搬走，假的。有人在地下蓋起宮殿，死後依然治理國家，假的。那辟穀之人碰上個三歲小童，連忙喝下他小雞雞裡滋出的瓊漿玉液，假的吧？但所有這一切合在一起便是真的。

你假裝神魔附體。靠翻白眼、吐白沫，你假裝看見了前世，聽懂了宇宙的福音。宇宙沒有嘴巴，你假裝它長了個嘴巴。你假裝以宇宙為背景思念起家鄉。你假裝沒有家鄉。你假裝不想。你假裝不想也不行。

你假裝離家七年，歷盡吃喝嫖賭。你假裝一輩子都耗在還鄉的路上：一會兒窮，賣了寶馬；一會兒富，請個菩薩與你同行；最終走進一幢房子與蝙蝠

同住。你假裝在這房子裡睡覺,假裝睡不著就吃藥,假裝醒不了是因為吃過了藥。

你男扮女裝假裝死去,假裝和女扮男裝的人不一樣。你假裝夢見了天堂:不是貝雅德麗采的天堂,而是被孫猴子打爛了又修復的天堂,而是賈寶玉讀到過《生死簿》的天堂。你假裝在天堂裡被招待了一場希臘人的鑼鼓戲。

在這一剎那,曼哈頓是可以觸摸的。在華爾街北邊的小商店裡,來自中國的T恤衫二美元一件,雨傘四美元一把,手錶六美元一隻。而在北京,此刻,假裝到過曼哈頓的先鋒派們正賣力地普及不屬於曼哈頓的曼哈頓文化。

從鏡子外衝到鏡子裡的人,有了歸宿;從鏡子裡衝到鏡子外的人,成了騙子。做一個中國人,你被規定不得不欺騙,否則你就不是一個中國人。孟德斯鳩在《論法的精神》中這樣說。

做一個中國人，你肯定沒有你的本體論、方法論。哲學是西方的概念，源自古希臘。你肯定只有一套老掉牙的、只能用來哄小孩的倫理教條。黑格爾在《哲學史講演錄》中這樣說。

與此同時，你最好四大皆空或披髮仗劍、修丹煉藥；如果你選擇背誦《四書》、《五經》，而對寒山這樣的嬉皮和尚重視不夠，你就是走錯了道的中國人。金斯伯格在批評瘋瘋癲癲的老龐德時幾乎這樣說過。

所以中國人，這種身分，有時候是用來唬人的，有時候是用來忍氣吞聲的。中國的身分證不曾讓你注意到身分問題；待在家，那個「天下」裡，不存在身分問題。現在，你要報名參加第56屆世界身分大會。

不說yes，而說yeah，這是身分政治。而，石頭什麼都不說，所以石頭沒有身分；所以石頭有時幾乎不是石頭，卻又因此太是石頭。——這是《論語》的收集者有意漏掉的夫子至言，這是中國人的祕密。

祕密。明朝王陽明在天高皇帝遠的貴州龍場，在那個本不該生產思想的年頭，發現任由心之所之，便可以抵達無善無惡之境。他嚇得大氣不敢出，趕忙用手捂住嘴，但還是汗濕了褲衩和背心。這是王陽明的祕密。

這不僅是王陽明的祕密。莊周，河南商丘的游手好閒之徒，更在兩千三百年前打打殺殺的年代，與一具骷髏夜談於河畔高丘。骷髏一開口，他便悟道，只一步就跨進了無死無生之境。這是莊周的祕密。

中國是個轉椅，除了宇航員，都請上來坐坐。坐在轉椅上轉呀轉，上即是下，左即是右，好即是壞，長即是短。這樣一個國家無法對她做出準確的預言，只能說中國大概即是非中國。順便說一句：她的詩歌大概即是非詩歌。

但非詩歌也不是弗蘭克‧奧哈拉的詩歌（奧哈拉從曼哈頓的牆縫裡吐出舌頭）。那將李白、杜甫的詩歌背得滾瓜爛熟的人根本不懂詩歌；那將王維、寒山高抬到李白、杜甫之上的人全都畢業於曼哈頓。

曼哈頓，美國的市井，活力四射，遠離仙鶴翱翔的山林水澤。所以曼哈頓人說不上優雅：吃得太多，玩得太野。而優雅的人早已於1911年死於提籠架鳥、東遊西逛。這一點與其說「有詩為證」，不如說「有證為詩」。

走在曼哈頓，不做那留辮子的中國人也罷。你發現你的影子不知從何時開始剃成了光頭，而且他赤身裸體，不在乎你心理中國式的害羞。你覺得這是天上那些老天使們的惡作劇；抬頭望天，天上一無所有。

或許天上另有一個曼哈頓。或許曼哈頓夢想把全世界都變成曼哈頓。早晚有一天，艾茲拉・龐德漫步北京街頭，會感歎「北京找不到能夠稱為北京的東西。」你只好勸他「再找找」，看能否發現什麼祕密。

北京的祕密，就是即使北京沒了城牆，沒了駱駝，沒了羊群，沒了馬糞，沒了標語口號，它依然是北

京。北京拆了蓋，蓋了拆，越拆心裡越沒障礙，
越蓋越什麼都不像，但一個假北京就更是一個真北
京，偏偏不是曼哈頓。

終於來到曼哈頓，早該想到的事一直不曾想到，……
終於來到像一本書被劃得亂七八糟的曼哈頓（一座
小島，面向大西洋），然後帶著滿腦子胡思亂想回
到你的大陸，喘一口氣，然後從清早寫到天黑。

2003.10

# 南疆筆記

零或者無窮，一個意思，如同存在或者不存在，一個意思，如同說話或者不說話，一個意思。細節被省略了，在群山之中。面向群山，如同面向虛無或者大道，——抱歉，我說得太直接了。

天無私覆，地無私載。無善無惡之地的小善小惡。無古無今之地的此時此刻。在庫車，在阿克蘇，時間屬於我患病的手錶，這符合群山的宏大敘事。

群山，群玉之山，把它們的千姿百態浪費給了群山自己，這也許是天意。貧窮到只剩下偉大的群山，連天空也按不住它們野蠻的生長。一陣急雨，來了又去，妖精般沒心沒肺。這靜悄悄的浪費是驚人的，——抱歉，這也許是天意。

在曾經是商販和僧侶行走的道路上，毛驢的腦子裡一片空白。它不記得西域如何從三十六個國家變成五十五個國家，然後變成一百個國家，然後變成尼雅和樓蘭的沙丘。

夠荒涼，不可能更荒涼了。荒涼窮盡了「荒涼」這
個詞。在荒涼之中，我被推倒在地。舉目四野無
人，只有群山、群山上的冰雪。寂靜也是一種暴力。

\*

起初我和周天子在一起。周天子乘八駿之輿巡行至
春山。我記錄下他望見的每一座雪山。我記錄下他
的聲聲驚嘆。

後來我又和西王母在一起。西王母測定崑崙之丘乃
地之中也。她為此在崑崙山上修造出超越塵世的
花園。

後來我又和東方朔在一起。此人早年學仙，四海雲
遊，他有關西域的奇談怪論看來有根有據。

後來我又和玄奘在一起。此人歷經萬苦千辛，怎會
與一隻猴子、一口豬糾纏不清？

後來我又和優素福‧哈斯‧哈吉甫在一起。我漸漸愛上了道德格言，並且對詩歌格律越來越挑剔。

後來我又和馬可‧波羅在一起。此人大話連篇，不過，他敢走西域，內心確有堅韌之力。

後來我感到，我就是那個寫出了《山海經》的人。

*

一生閒暇等於沒有閒暇。與群山廝守一生等於允許自己變成一個石頭人。

窗外是天山。天山聚集著天上的石頭。冰雪下天山，像冰肌玉骨的仙女，跑成灰頭土臉。這液體的石頭沖蕩在石頭之間。

靠山吃山是別人的福份，但他們靠山卻吃不著山，彷彿老鷹逮不著兔子，子彈追不上羚羊：這幾乎什麼都不生長的群山，除了壯麗，一無是處。

他們在爐子上弄出聲響，緊接著就聽見了鬼哭狼嚎。

他們大驚失色地看到，兩團雲彩，一黑一白，馱著兩隻烏鴉消失在山谷。

別人在乎這群山但他們不在乎。他們只在乎毛驢可以拉車，可以馱物（母驢還可以充當臨時老婆陪伴在男人身邊，而且嘴嚴）。

他們了無詩意，也不需要混跡於大世界所需要的幽默感。

他們被扔在山谷和山腳，靠扔石頭求得心氣的平和。他們的石頭能夠扔出多遠，他們的艱辛就能傳遞多遠。他們被黑夜推回自己的石頭屋。

生在群山之中，死在群山之中，也只好如此。便宜了匆匆過客的多愁善感。

他們把狗牙當成狼牙賣，偶爾賺得幾枚小錢。

\*

從右向左伸展的文字，像手抓飯一樣油膩的文字：
這是龜茲歌舞團歡迎巴依老爺的節目單。從右向左
伸展的文字，也就是從右向左伸展的思想，這是孔
子陌生的思想，就像孔子對巴依老爺的烤全羊一無
所知。

懸掛在阿圖什的羊肉，蜜蜂取代蒼蠅環繞它們飛
舞。既然蜜蜂已忘記如何採集花粉，它們釀出的蜂
蜜定有羊肉的膻腥。膻腥的巴依老爺為此喝采社會
與人生。

而莎車的蘇菲，除了讀經就是乞討。他們不進巴依
老爺的家門，不聽巴依老爺的吆喝，卻留著與巴依
老爺相同的鬍子。他們默然經過阿曼尼沙汗華麗的
陵墓，用簡樸的耳朵聽見有人拍打鐵桶奏出《十二
木卡姆》。

雷電，在奧依塔克祕密行進。夜晚的雨水，首先澆
滅篝火，然後灌進我的氈房。在另一個氈房裡，

十六個柯爾克孜小姑娘，應著雨聲，為她們夢中的
巴依老爺哆嗦著綻放。而附近的第四紀冰川有如報
廢的天堂。

八千年前天神的精液凝成和田的玉石。巴依老爺手
握天神的精液，嘲笑漢人對玉石的痴狂，並為我們
區分了法律的老婆和宗教的老婆，並向我們暗示他
擅長在床頭舞刀弄槍。

\*

我吃西瓜、哈密瓜、無花果，我吃芝麻、葡萄、巴
旦杏。

我吃饢，用牛糞烤成，硬的和軟的。我吃落在饢上
的黑蒼蠅，因為它們可能比我還乾淨。

我吃下五十個羊腰子。二十五隻羊將我踏倒在地。

我吃沙棘，如同飛鳥在戈壁上吃石頭。石頭裝滿飛鳥
的胃，飛鳥依然在飛。飛鳥拉屎，石頭還是石頭。

我吃冰山，我吃冰山上的雪蓮。我吃一切好東西，
不管需要不需要，不管消化不消化，不管拉肚子不
拉肚子。

我也吃絲綢之路上花裡胡哨的老妖怪。我吃老妖怪
變成的小旋風。

我也吃飛來飛去的小仙女。她們的汗毛、乳房和大
腿確實好吃。我也吃她們不知疲倦的能歌擅舞的
影子。

我吃花布，吃花帽，吃手鼓，吃獨他爾。

我吃火焰。我尤其愛吃崑崙山上後半夜劈啪做響的
火焰。

*

失靈了，我內心的羅盤，還有我缺氧的打火機：冰山
之父穆士塔格，欺負我的打火機來自東土；我打不著
火，可我的心臟還在嚴肅地跳動，甚至太嚴肅了。

想像過南疆的群山，然後看見它們，在海拔3700米，在海拔4600米，但是看不懂，就是這樣。仔細看也看不懂，就是這樣。我承認，有時，也許，我是一個呆頭呆腦的人。

我的感官不足以生髮出與那五彩的群山相稱的詩句。我的理智不足以釐清突厥汗國顛三倒四的歷史。我的經驗不足以面對喀什城中那同樣屬　人間的生活。

英吉莎小刀，用於砍瓜切菜過於奢侈，用於殺人過於美麗。

塔利班的讀經木架，不允許任何人胡言亂語。

我的牙齒變得潔白，當我說亞克西姆賽斯——你好。而這荒涼的群山、少許的人煙，還有沉著肉渣的穆塞萊斯葡萄酒，允許怎樣的小男孩長成心地單純的庫爾班？

重新變成一個抒情的人，我投降。所謂遠方就是這使人失靈的地方。

\*

大地極端的存在：沙漠。大地一望無際的原教旨主義，包圍我，要我接受，要我滅亡。大地死後，應該就是這般模樣。

大地一塊一塊地死：死到國王腳下，活夠了的國王順從地死去；死到駱駝腳下，謙卑的駱駝猶豫一會兒然後死去。眺望沙漠的人把水壺緊緊攥在手裡。

我沿著塔克拉瑪干沙漠的邊緣前進。我的暴脾氣沒有用武之地。對呀，我的暴脾氣沒有用武之地。家鄉暴怒的烏鴉飛過白花花的鹽鹼地。

而沙漠的暴脾氣，是那或狂野或溫柔的風沙。那敢於向風沙撒尿、吐唾沫的，是這世上最無畏但也最無人性的先知。

聽說過一隻鴿子幾天幾夜飛越沙漠。我想它得以飛
行無礙，乃是由於沙漠對它的命運不屑於關心。的
確，沙漠關心誰呢？

聽說過一個叫尼雅的村落。有人花十萬元進入沙
漠，為的是到尼雅敲一敲那兀自站立的門板。但門
板只接受鬼魂的問候，誰在乎一個生人？

沙漠是兩口水井之間令人絕望的距離。或水井是兩
座沙漠暗中選定的約會之地。

一粒沙子提醒我們想怎麼活就怎麼活，——還能活
成什麼樣呢？沙漠不在乎，誰又在乎呢？
而一床沙子彷彿就是死亡本身。

*

解除煩惱的高度，在海拔3200米；可以飄起腳步的
地點：東經75°01′，北緯37°07′。樂園。烏托邦。羯
盤陀。石頭城。塔什庫爾干。四面是群山，冰雪坐
在群山之巔。

一隻鷹降落在十字路口。

一個波斯人、一個羅馬人、一個漢人、一個印度人在十字路口相見恨晚。

四面是群山，起初是索羅亞斯德的群山，後來是伊斯瑪儀的群山。


一個揮掃帚的老漢把大街打掃得乾乾淨淨。

一個中年男子將綠色的油漆刷上他的門板。

一頭牛應真主的邀請獨自出城，獨自遊蕩在帕米爾
　　　高原。

一個出門闖世界的姑娘回到故鄉，發現故鄉的監獄
　　　業已閒置五十年。

四面是群山，是藏匿黃金而不藏匿盜匪的群山。


一個警察長著思想家的面孔。

一個外鄉人聽見沙啞的鷹笛，慚愧自己貪得無厭。

兩個男人相互親吻對方的手背。

八個婦女在文化館外的體育器械上做鍛鍊。

四面是群山，是限制生活的群山。山間一塊巨石上
寫著：「熱孜亞，我愛你。2000年7月13日。」四年
之後我讀到這無名者寫給白雲的誓言。

2004.8.10

塔什庫爾干、北京、額爾古納、柏林、香港

# 醒在南京

天醒的一刻我閉著眼聽見雨聲呃呃呃是聽了半生的
　　雨聲並不浪漫
雨聲逼近夾雜著孤單的汽車聲
汽車走遠時雨聲亦挪遠但不一定是雨聲挪遠它只是
　　變小
就像一個人的存在不一定消失只是重量變輕


想像雨點兒撲地雨傘和雨衣的風景濕潤
靜靜的腳手架大吊車沒有工人爬上爬下爬來爬去的
　　一二三四五六個工地
店鋪小老闆寄望在這樣的天氣賣出雨傘和雨衣


奇怪
鄉村的小雨淋在城市的大腦殼上
小雨中的杏花張望著窗畔喝茶的小文人這是我印象
　　裡的江南


這是地主秀才和農民的江南配合著書中自有黃金屋
　　加顏如玉的古訓
而今小老闆和打工者的江南也是江南嗎資本家的江南
　　肯定不是江南因為顏如玉不再投奔書本

怎麼沒有鳥鳴呢這是清晨的錯還是鳥雀的錯
不知道我在用盲人的耳朵搜尋嗎
北京的鳥鳴開始於清晨四點而此地的鳥鳴幾點開始
　　是一個莎士比亞的問題

或者鳥雀已相約不再啼鳴
孟浩然死去約1300年了他為鳥鳴寫下的詩句代替他
　　活了約1300年
對美國人來說這時間夠長了對埃及人來說這不算什麼

孟浩然習慣於山清水秀的生活可以想見他長得也山
　　清水秀
但無法想像他以何為生詩人又不代表生產力

他偶爾向江水吐露胸中怨氣不奇怪
他是否因此卓爾不群於草莽是否憑怨氣結交到王維
　　和李白
可王維李白從不互致問候當他們同在長安的時候他
　　們互相瞧不起

大江流日夜啊大江流動在我的床邊這樣說太誇張了

我改口

大江流動在我南京或金陵或六朝古都的客棧門前
這是客棧或這是旅館或這是賓館或這是酒店
對電話裡的朋友說這是酒店對自己說這是客棧

有啥不同嗎古人只住客棧並在牆上題字
流風入民國方鴻漸將女人按倒在床時發現枕側牆上
　　題寫的雲雨
原來是昨日

女人女人秦淮河夜晚雖然依舊掛紅燈但妖精的沒有
　　那裡現在只賣小吃
乾淨的床鋪四個白色的枕頭我只用了兩個
舒服的肉體舒服的勃起我在著昨天我不在前天我也
　　不在

鏡子裡一個對稱的房間有另一個我與我對稱著你是
　　我嗎

電視機黑屏左下角小紅燈亮著表明它有電像少先隊
　　一樣時刻準備著
你用我吧
遙控板一按就是媒體的世界

我微睜開一隻眼旋又閉上

今天誰死啊誰曬裸照今天哪個地方的工廠會爆炸
今天哪個地方的城管要打人哪個地方的橋梁會垮塌
　　哪個領導會被雙規

七點二十分聽見鳥鳴了鳥鳴來得忒晚我是身處深澗
　　之中嗎

分裂的現實感我內心的鳥鳴早已開始
我從未向人提起我內心的眾鳥來自不遠處的敬亭山
李白曾見敬亭山眾鳥高飛盡但不知這眾鳥是來到了
　　我的心間喳喳叫個不停

它們分成十六個派別選擇在我心裡吵嘴
它們吵嘴時顧不上為旭日而歌唱

而窗外的鳥鳴儘量滿足孟浩然的傾聽

彷彿窗外的世界不是真正的世界只有出事的世界才
　　　是真正的世界

不出事的世界不讓人相信它的真實性彷彿它是虛擬
　　　鮑德里亞也有說不準的時候


於是有人跳樓被路人伸手接住

伸手救人者被砸成高位截癱被感動的市民響應報紙
　　　號召捐款捐物

而獲救者拒絕捐出跳樓前夜的內心糾結

而獲救者被驚嚇的爹媽以為世界會就此平靜


走廊裡飄過人聲地毯中的細菌將腳步聲吃盡


七點二十五分

夢的殘渣

小夏說泳池池水太冷所以她上岸穿了件襯衣複入水中

管理員又把她叫上岸來說不許穿襯衣下水如果覺得
　　　太冷可以穿三件泳衣

七點二十七分
夢的殘渣
小馮聽見有人敲門便問誰呀門外人粗聲回答是我這
　　究竟是壞人還是好人
小馮再問什麼事呀門外的粗聲回答是不一定

夢中事算不算往事呢
夢中事若不算往事為何往事總向夢中事看齊

聽見廁所沖下水的聲音我活著別人也活著
污水處理廠就近建在長江邊上也許管百分之三十的用

但把尿直接撒到長江裡的事我不幹就像孟子吃肉而
　　遠庖廚
是有點兒虛偽是文明的必要的虛偽
如能躺在床上眺望長江我會虛偽而快樂地大聲感謝
　　合法的生活和非法的生活

客棧門外長江夜晚定有中華鱘游過但這是什麼魚呢

這麼隆重的名字這麼俗氣的名字是誰給起的名字這
　　是瀕危物種嗎
大熊貓何不叫中華熊


長江上的運沙船吃水很深油漆斑駁沒有一艘是新的
迎著水面敞開奶子的女人前面抱後面抱都是女人的
　　女人沒有一位是難看的


杜十娘怒沉百寶箱
兩岸俗麗的花朵沒有一朵為此而綻放那些快活的燈
　　火沒有一盞為此而熄滅


滔滔江水東去也


去年我曾到此一遊曾從建錯了風格的閱江樓眺望大江
我假設我是龔賢一望大江開
我本假設我是高啟登上雨花臺眺望大江來從萬山中
　　但沒能得逞


江水改了道從雨花臺望不到明代的大江了

從我的床鋪也望不到大江這意味著我不是康熙我也
　　望不見天下
既望不見廣州的人山人海也望不見重慶的人山人海
只好自認匹夫一個卻又無幹興亡

讀報讀網絡新聞關心天下大事頂個屁用啊讀小說
　　而已
我的小學老師中學老師害我不淺吶他們把我訓練成
　　一個旁觀者
一棵旁觀的桃樹或李樹連開花也不必了

城裡的梧桐樹被放倒了地產商在市政府裡有朋友
我若當選下屆市長我將把那些民國時代的梧桐樹植
　　回原處但無此可能

所以我不和他們交朋友
我不喝酒我爸也不喝酒我爺爺也不喝酒

所以我能在七點三十分順利地睜開雙眼我幽暗的大
　　腦就透進了光亮
我望著天花板它雖有歐洲的豪華風格卻是石膏做的

那石膏峻嶺似的財富巍峨到嚇人可算個屁呀

昨天掉在我頭上的三張小餡餅算個屁呀小小的聲譽
　　算個屁呀

工程師們的成就感來得太容易了工藝美術大師們的
　　成就感來得更容易


假裝不俗其實很俗的趣味算個屁呀中等才華算個屁
　　呀但已經不容易了

但算個屁呀


權與勢在韓非子看來頂頂重要可在莊子看來算個
　　屁呀


清醒的大腦嗡嗡叫了靈魂也醒了


歷史分可被理解的部分和不可被理解的部分哪部分
　　更強大

精細的品味在一個粗糙的時代該怎樣傳播

傳播精細的品味等於傳播亡國的種子這可以北宋為
　　例土豪們不吃這一套

哦不能明說的不滿和不肯說出的抱怨

該下床洗個澡了睡亂的頭髮讓人以為我夜夜惡夢其
　　實不是
肚子上的肉該收一收了睡醒的口腔該被刷一下了
韓愈寫落齒詩應在五十歲以前

七點三十五分誰給我上發條好讓我關心一下我自己
昨晚不會關的燈只好讓它亮到現在我確實關閉了所
　　有的開關

昨晚的宴會餘音還在
兩個喝高到又摟又抱的男人兩條被酒精加寬了的舌頭
一個說我剛去過法蘭克福看我的皮包另一個說我剛
　　去過巴黎看我的皮鞋

他們說的是自助遊哇跑一趟歐洲九天十國
孔夫子周遊列國要能有這樣的速度2500年前的天下
　　就能免於禮崩樂壞
而跑步穿過歐洲說明歐洲沒什麼好看的
或者說明他們真真來自後發達國家只能玩得這麼辛苦

還不如好好待在江南天天眺望大江

從不同的角度

康熙到來的時候一定興師動眾


端午將近

端午在任何國家都沒有意義只在江南有意義而江南
　　就是我床下這塊土地

這也是吳地但也是楚地嗎

我在楚國有朋友我在吳國沒有朋友我在江南倒也有
　　朋友而此刻我一個人


路漫漫其修遠兮路邊的客棧一家一家何其多也一直
　　排到天盡頭


我撩開被子下地雙腳認進一次性紙拖鞋


深呼吸


站穩

2013.7.14、11.21

# 潘家園舊貨市場玄思錄

**美麗**的**假**古董是美麗的嗎？美麗的**假人**倒可以是美
　　麗的但那是個假人。

假人沒有**靈魂**。即使假人人山人海也聚不來山海一
　　般的靈魂！

那麼**美麗**是可以沒有靈魂的嗎？

那麼垃圾般的**真古董**還是**垃圾**嗎？

認出那垃圾**價值**的人咬定那就是垃圾嗯那就是垃圾：

他假裝滿不在乎才有可能付出一個**垃圾價**。

以垃圾價買一把戰國青銅削刀能氣死戰國刮削竹木
　　簡的文化人。

以今日**存在感**回望戰國文化人，他們全都老實巴交
　　沒見過**全球化的大世面**。

他們怎麼就成了**偉人**呢？

戰國終了在公元前221年。

青銅物件晚於晉滅吳的280年就已沒啥意思。

兩千多年前的真古董比兩百年前的真古董**更是**真古
　　董嗎？

二十年前假造的古董到今日還是**造假**嗎？

「日方中方睨」，惠子說。

你在嘈雜的**市場**問一串**玄學**問題不覺得**可恥**嗎？


你敢說惠子也是可恥的人嗎？

他問過太多玄學問題不僅在嘈雜的市場上，

也在他為相十五年的魏國宮廷中，也在他二十場敗
　　　仗之後的**曠野**中。


那麼三千年前的真古董是否由於**太真**而顯得**不真**呢？

那麼四千年前的禹王也不真嗎？

顧頡剛**疑古**是對的嗎？

即使堯舜禹**三代聖王**是真的也不能證明**地攤**上碼放
　　　的垃圾貨來自彼時。


潘家園上空的每朵雲彩都該與彼時的雲彩略有相似。


……


啊，造假者得有多高的**學問**才能造假？

**盜墓賊**得有多大的**膽子**才敢藉著火把或手電光在地
　　下與古人**面對面**？


但你以為我看不出東西的**真假**嗎？
你以為我的**智力**有問題嗎？即使我的智力有問題我
　　的**道德感**也沒有問題。


**騙子**與**道德模範**長著相似的臉，他們合稱「**人類**」。
而區分騙子與道德模範**不是**件容易的事。


騙子不做此區分，道德模範亦不做此區分；
像熱鍋上的螞蟻非做區分不可的　乃是既**非**騙子亦
　　**非**道德模範的人：


亦即介乎騙子與道德模範之間的人，
亦即推動**世界**運轉的人、關心**下一代**健康成長的人，
亦即支撐**潘家園**自1980年代初期土堆上的**鬼市**一直
　　發展至今天的人。


而他們是**真人**還是**假人**呢？

假人也有要求**影子**跟隨的**權利**亦即真實**身分**的權利。

而多少具有真實身分的人其實是假人。


更困難的問題誕生在嘈雜的市場：

那**亦真亦假**或**半真半假**之人是否可以要求亦假亦真

　　或半假半真之人的權利？

這不是饒舌或玄思，

因為半真半假的物件無情毀壞了濟慈或席勒的

　　「**真、善、美**」。


那理解**亦真亦假**的曹雪芹啊玄思的曹雪芹，

也不懂**半真半假**的物質、道德和政治的世界。

他從未**觸碰**過半真半假的**物件**嗎？至少他從未到過

　　潘家園。


半真半假的人追求半真半假的**幸福**，

談半真半假的**戀愛**，玩半真半假的古董。對**正義**的

　　要求也是半真半假。

他們在半真半假的世界上**玩出**亦真亦假的感覺那真

　　是**境界**！

……

星期六或者星期天，他們來到潘家園，遛彎，淘
　　寶，夢想**撿漏**；
遇到假人、真人，遇到鬼魂、神明，
遇到半真半假的自己，嚇一跳，又**假裝**沒看見。

潘家園舊貨市場位於北京東三環南路潘家園橋西
南，占地4.85萬平方米。主營古舊物品、珠寶玉
石、工藝品、收藏品、裝飾品，年成交額達數十億
元。市場擁有四千餘家經營商戶，經商人員近萬
人，其中60%的經營者來自北京以外的28個省、
市、自治區，涉及漢、回、滿、苗、侗、維、藏、
蒙、朝鮮等十幾個民族。

　　　　　　　　　　　　　　　——百度百科

潘家園，1200個時代堆起來的垃圾山。
1200萬個**夢想家**將這垃圾山攤開在**三代聖王**的天
　　空下。

來了官員，來了老闆，來了教授，來了學生，
來了游手好閒之人、執法犯法的警察、誤入歧途的
　　外國文物愛好者，
來了網上開店的人，以及不開店**真假貨全吞而吐不
　　出來**的人。

來了只買假古董的人、只買假古董而笑嘻嘻的人……

潘家園令**三代聖王**的天空**暈眩**。

**魚龍混雜**之地誰是魚誰是龍呢？
**魚**樂得變龍，**龍**樂得變魚嗎？
倒推的**理性**說：凡不考慮變魚的那一定是龍了。張
　　牙舞爪的龍。睡眼惺忪的龍。

睡眼惺忪的**人**也來了。
他見識過一個**真真假假**的世界，疲倦了，退出了樹
　　大招風、樹倒猢猻散的**江湖**。

當他重新來到潘家園，身上**快樂**的小蟲子全部復活。
他見到老相識，到公共廁所撒一泡舊尿，

遇到坑騙過的人，坦然，

遇到收地攤費的管理員說：**嘿嘿**，我已洗手不幹。


……


**交易**之地。這是商鞅反對的交易之地。也是**毛主席**

　　反對的交易之地。

以**往昔**，以毛主席做交易這是潘家園。

以假往昔做交易，這是毛主席身後**混合經濟**時代的

　　潘家園。


假古董也是**勞動**成果，成本免不了，但以假古董售

　　人那是**不道德**的。

而真古董多為**盜墓**所得，但那也是不道德的。

整個潘家園就是一個不道德的地方。它為什麼**迷人**？


近朱者赤，當市場保安懶洋洋地變成文物專家，

那長皺紋的專家就只好被矇騙。

對不起，潘家園也是一個**騙人**的地方。

潘家園也是虛張聲勢的**法律**睜一隻眼閉一隻眼的
　　地方。

對不道德的假古董法律點頭放行。

假古董讓購買者鬱悶，但那畢竟不取**人命**也沒讓**國
　　家**吃虧。

這也是長**知識**的地方，長**對**的知識和**不對**的知識。

這也是**有錢人**偶爾光顧的地方。

所有**攤販**心照不宣地等待那不露聲色的有錢人。

最好是**傻傻的**有錢人。戈多也是個傻瓜。

這也是被**管理**的地方。管理員在廣播中奉勸顧客別
　　上當。

但你既來潘家園你就是準備好**上當**的。

聽攤販們習慣性的**賭咒發誓**此起彼伏在潘家園你感
　　覺你活在**珍貴的人間**。

這也是城市與鄉村、鄉村與外國、現在與古代、現
　　在與現在**結合**的地方。

所以它**不是**現在，不是古代，不是外國，不是鄉
村，也不是城市。

……

活在**珍貴的人間**你就得相信：**正派人**永遠是多數。

小販們來了，盜墓銷贓者、騙子和小偷也來了；三
輪車卸下**無用**的東西：

99.9%的假古董與0.1%的真垃圾比賽誰更能賣出**好
價錢**。
只有潘家園的價錢是**心靈**的價錢或**心情**的價錢。

從紅河石斧到文革袖標，六千年比鄰而居。
六千年**能夠**比鄰而居是由於對六千年的**想像**能夠比
鄰而居，
**社會主義市場經濟**的大工地吞吐六千年簡直小菜
一碟。

五湖四海的人為了售假銷贓來到潘家園。

五湖四海造假的鄉親們、盜墓的鄉親們**笑嘻嘻**地
　　**致富**，

然後在無墓可盜之後過有**道德**的生活。


遮陽傘下攤販們聊到別人掙的錢時笑嘻嘻，**好像**那
　　是自己的錢，

說到別人娶的媳婦時笑嘻嘻，好像那是自己娶的
　　媳婦。


其實每一個人都**夢想著「詩意的棲居」**。


「詩意的栖居」需借助感悟**人生**的**陳詞濫調**，

正是符合道德的陳詞濫調。

然而符合道德的陳詞濫調有可能是**害人**的。


你看，售假者只收**真錢**為了「詩意的栖居」。

假錢有可能數在真貨販子之手，因為**玩假錢的**也在
　　**追求**「詩意的棲居」。

他們從未聽說過海德格爾就像海德格爾從未聽說過
　　潘家園。

玩假錢的若真想買到假古董那他一定是個真**聖人**。

……

來自三門峽的老蘇幾乎是個聖人：垃圾價賣垃圾貨
　　贏得好名聲。
他掙錢有限必然憤憤不平更無暇**幽默**；
他已是一百次宣布他要賣假了，並非因賣假更道
　　德些。

別人賣假過**滋潤的日子**促使他一步步挪到道德的
　　邊緣。

「這啥世道啊！假的就是美的就是好的就一定是招
　　人愛的**你媽個屁**！」

他已是101次宣布他要賣假了。
站在道德的邊緣他沒看見銀盆大臉的**神明**就站在
　　身邊。

他時常消失，不知他是否越過了道德的邊界。

消失時他也許是個假人，

神明再把他捉住**變**回真人**扭**送回潘家園。


不停地說話，老蘇累了，停三秒，待天地、歲月**湧**
　　**現**，他繼續說：

「這唐代銅簪子一百塊錢你要不要？

我媳婦**民辦教師**掙一百塊錢一個月你小子還**嫌貴**？」


老蘇眼紅而聒噪好像**沉默**會使他飛離這世界。

在他看來世界就是**人群**，而不在人群之中那是可
　　怕的。

不得已**一個人**走路，一個人喝酒，一個人唱歌那是
　　**可怕**的。


要不停地說話。

鳥兒們也在不停地說話所以並不高飛；有誰聽到過
　　鳥兒在高天喋喋不休？

風也在說話，不過有時**停下**。


……

無法熄滅的往古。

「油炸鬼」作假。或將老玉件煮於沸水三十分鐘使
　　之還陽。

彷彿**陰間**是可以**自由**往來的地方。


唐代不遠，漢代也不遠，戰國人全都**站了起來**。

看見了孟子和荀子，看見了劉安、劉向、劉歆和劉
　　義慶。

「劉向傳經心事違。」

劉歆助王莽篡改《左傳》**影響至今**。


潘家園人見多識廣，包括對鬼魂的見識，但說**鬼**者
　　寥寥，

害怕一旦說出便說出了**自己**。


鬼魂不做假，但也可以自稱是假的嗎？

鬼魂是假的那**人民幣**是假的嗎？


賣珠子的女人說我真遇到過鬼啊。那鬼，高個子，

來到我家門口，頭比門框還高吶，進不來或者不願

進。是他想嚇唬我或者給我提個醒。我去**廟**裡燒了

七七四十九天香。把他的東西還給**天地**。他不再
來了。

干寶《搜神記》卷二十載阮瞻素執無鬼論，有客造
訪聊談名理，甚有辯才。及鬼神之事，客屈于阮
瞻，乃作色曰：「即僕便是鬼！」須臾消滅。阮瞻
默然，意色大惡。歲餘病死。

但潘家園也是**蔑視**死亡的地方，
也是**無神論者**沒啥高深題目卻高談闊論的地方，
也是**有神論者**祈求**神明**原諒的地方。

佛、菩薩、基督、天使、土地爺、財神爺、關公、
　　文曲星漫步在潘家園。
他們的木像石像銅像或坐或立在遮陽傘下**不吭一聲**。

他們聽到陝西小販要價到350萬售賣盜墓所得的西
　　周盉。
他們聽見天津小販賭咒發誓：「這當然是老瑪瑙不
　　是玻璃嚓；要玻璃嚓我吃啦！」

……

倒騰假貨的人把自己倒騰成假人，
倒騰死人物件的人倒騰到自己的**死**。

死前他要求用**真藥**這是人之常情，死前他面對**萬事
空**這是普通智力可以達到的。

他最後眺望一眼**星空**在他進入那星空之前，
好像，據說，置身於星空的人只能回望**地球**，看不
到其他星星。

他的**恐懼**是千真萬確的。眺望星空他的**崇高感**也是
千真萬確的。
崇高感總是來得**太晚**直到**勾銷**真假的未來忽然露面。

在古代，死者對盜墓者心懷恐懼：尤其**奉天承運**的
帝王害怕盜墓者。
在今天，盜墓者害怕公安局，公安局害怕**國家主席**。
國家主席在別的國家就是總統，
在古代就是**皇帝**。

當主席和當總統和當皇帝是一樣的**感覺**嗎？

你去問袁世凱或者拿破崙。


過去未來你去問**算命先生**，福禍壽夭你去問**和尚、**
　　**道士，**

升官發財你去問**氣功大師**，愛情漲落你去問**知心**
　　**姐姐，**


對掙錢的**執著**不妨礙對**佛**的執著，而佛對什麼都不
　　執著。

你就別問了！


……


潘家園的風吹著潘家園的古今眾身影。

《史記・伯夷列傳》即使被茶葉水薰黃那也是天地
　　間的**大文章**。


潘家園的司馬遷不怕茶葉水。

但司馬遷的**寂寞**就是五伯、七雄的寂寞：
就是古戰場和帝王陵墓的寂寞、當今嘈雜市場的
　　寂寞。

曾經，寂寞的清東陵來了孫殿英的**土匪兵**。
炸藥包炸開地宮後土匪兵扣出了慈禧太后嘴裡的夜
　　明珠。
然後群山**依舊**寂寞、曠野依舊寂寞。百蟲爭鳴，**軍
　　閥**混戰在**中國**的大地上。

而在1800年前。曹操的大軍不允許馬踩莊稼；
他招能納士不問德行，對古墓也絕不放過。
他向**死人**要軍餉拿下半個中國，但也只拿下半個
　　中國。

**得罪**了太多的死人他死前下令薄葬。
1800年後其墓葬被發掘時墓室裡值錢的只有瑪瑙珠
　　**一顆**。
墓在河南安陽西高穴。真墓？假墓？還是他人之墓？

河南省政府給它掛牌保護以便**開發旅遊**。

收音機裡的《三國演義》**評書**至今沒有停播過。


真與假，寂寞的**物件**。

半真半假的物件同樣享受寂寞的風雨、日光和星光。


而偶見人骨和獸骨的曠野，還有大音希聲的群山

　　乃是**寂寞本身**。


2014.1.27、2.4春節的鞭炮聲

## 試著從熬頭的方面給「人群」下定義

「人群」是一個幻覺嗎？「人群」不是你和我。
　「人群」也不是「人」，也不是「人民」。

人群就是人群：人貼人、人靠人、人擠人、人推人；
眼睛、鼻子、嘴巴和耳朵。重複一遍：眼睛、鼻
　子、嘴巴和耳朵。

薄荷的香氣，薰死酒氣沖天的人，扛不住口臭、汗
　臭和腳丫子味兒
對於口臭、汗臭和腳丫子味兒，人群可以異口同聲
　地否認。

在人群中，走快點——不可能，倒下去——不可能，
除非走在人群之前，或落在人群之後。

潮來潮去，人群裡的浪花——缺少懸崖下大海浪花
　的壯麗和兇狠。
想倒下去，你就是一個可疑的人：特務啊，沒有權
　利可言的東西！

人群是進步的力量、同時也是退步的力量。
要小心人群中可能爆發的騷亂、可能炸響的鞭炮。

人群就是不知道沉默為何物，雖然大聲喧嘩卻依然
　　　沉默著的大多數，
就是大眼瞪小眼推動歷史前進的大多數。

在人群中，同名同姓者不同音容。
喊一答三千，三百萬人齊齊楞住。知了的叫聲忽然
　　　在耳。

驚慌失措，傳播小道消息或者對世事漠不關心的人群
也就是作為道德基礎、政治基礎、運動基礎同時沒
　　　有能力討論這一切的人群。

移風易俗是願望，僧多粥少是現實。
那就發展體育運動吧，目的是增強人民體質。

體育運動中有一種運動叫「圍觀」，
它的本質是娛樂，當然也會出人命，一如其他體育
　　　運動。

用真、善、美改天換地的人群下班以後為天地恢復
　　原貌。
縣委縣政府裡的能人兒們背著領導自編順口溜自娛
　　自樂最終把領導逗樂：

天光雲影啊天人感應，天地君親師啊天地人神鬼。
宮爆雞丁啊韭菜炒雞蛋，紅燒獅子頭啊小蔥拌豆腐。

人群就是共用一個影子的人們，就是不能共用一張
　　嘴的人們，
就是多數時候喜氣洋洋，窮開心，並且一開玩笑就
　　過火的人們。

混在人群中，八哥說話，狗撒嬌，驢子裝聾作啞；
蛇仙狐仙黃大仙、山妖水怪蛤蟆精，為能嚇得人們
　　瑟瑟發抖而得意。

人群什麼都不信同時又怨天尤人，
拉不出屎來賴茅房就是這個意思。

不開口罵人就活不下去的──我的親人們吶，
萬箭齊發暗箭也發群起而攻之說散夥就散夥的──
我的親人們吶，

即使在奔散的途中也要相互嘲笑動胳膊動腿的──
我的親人們吶
連逃跑也要引經據典變成傻逼也要蔑視引經據典的
──我的親人們吶

人群，就是有時，忽然，誰也不認識誰的一群人。
把人群揭發給人群，人群不在乎。

不是冤家不聚頭。人群裡千差萬別的回憶約好了指
　　向美好的明天。
人群就是隨時可能從吃肉的人變成吃肉的畜牲的人
　　們，而牛羊驢馬只吃草；

就是有人想方設法要避開的人們，
就是自信能夠靠自我感動恢復人性的人們。

掙錢和掙不到錢的人們大家綁在一起，鎖在一起。
大家幫助大家，大家看住大家。

朝上看的人，看瞎了眼，看出一個幻覺。
朝下看的人，看到對眼，看出一個幻覺。

小發明、小製作、小打小鬧，正適合人群的小心眼
　　兒、小屁眼兒。
人群發明出人類的榜樣又打倒榜樣然後老老實實地
　　背誦《三字經》。

人群彙集的氣溫比自然氣溫高出二十度。愛的溫度
　　總是高的。
人群不用支起油鍋，人群就是油鍋。恨的溫度也是
　　高的。

人心齊，泰山移；人心不齊，就沒有泰山這回事。
人群要求你與之妥協並且捨身取義地愛上他們並且
　　想明白你一個人不是人群；

並且要堅信：人群內部拉幫結派為了有朝一日一致
　　對外。
從外部看人群相當於從天空俯覽大地上的油菜花。

不能嘲笑當你喊「救命」他們便齊聲高呼「聽不
　　懂」的人們。
不能嘲笑不懂詩歌而其後代從希望小學一路讀到博
　　士後但依然不懂詩歌的人們。

人群就是人人都是人，同時又是非人的一群什麼
　　東西，
就是不允許你這樣講話的人們，

就是你將死在其中的
豬圈、養雞場、食堂、大操場、大飯店，購物中心
　　以及，天堂。

人群是一個幻覺嗎？人群是孤獨的嗎？人群是一個
　　人嗎？

2008、2009

卷三／233

# 開花

你若要開花就按照我的節奏來
一秒鐘閉眼兩秒鐘呼吸三秒鐘靜默然後開出來

開花就是解放開花就是革命
一個宇宙的誕生不始於一次爆炸而始於一次花開

你若快樂就在清晨開呀開出隱著血管的花朵

你若憂愁就開放於傍晚因為落日鼓勵放鬆和走神

或者就在憂愁裡開放苦中作樂
就在沮喪和恐懼和膽怯裡開放見縫插針

心有餘悸時逆勢開放你就釋放出了你對另一個你的
　　狂想

而假如你已開過花且不止一朵
你就退回青澀重新開放按照我的節奏來

我以滴水的節奏為節奏
因為水滴碰水滴這是江河的源頭

再過分一點兒再過分一點兒水滴和水滴就能碰出汪
　　洋大海

你得相信大海有一顆藍色的心臟那龐大的花朵啊偉
　　大的花朵

所以我命令你開花就是請求你開花
我低聲下氣地勸你

若你讓我跪下我就跪下哪怕你是棵狗尾巴草

開出一朵梨花倘若你脖頸涼爽
開出一朵桃花倘若你後背因溫暖的陽光而發癢

但倘若你猶豫
倘若你猶豫該不該開花那就聽我的聽我的先探出一
　　個花瓣來

然後探出兩瓣然後探出四瓣

三瓣五瓣是大自然的幾何

但你若願意你就探出五十瓣五十萬瓣這就叫盛開

而倘若你羞於盛開
你就躲在牆根裡開放吧
開放到冰心奶奶告別她文藝青年多愁善感的小情調

而倘若你膽小
你就躲到籬笆後面開放吧
讓陶淵明爺爺看到你就看到今天被狂人暴發戶炸碎
　　的南山

蚯蚓在等待

連蒼蠅都變得更綠了更符合大地的想像了
連五音不全的燕子都歌唱了這使得王侯將相也有了
　　心情不錯的時候

他們在心情不錯的時候也願意珍惜他人的小命
甚至承認自己的命也是小命

而我要你開花

就是要你在心情糟糕的時候牢記小命也是命啊也是
　　自然也是道


開花

用你的根莖發動大地深處的泉水


在你和你的鄰居鬧彆扭之後

在你和你的大叔小姨拍桌子瞪眼突然無所適從的
　　時候


你就開花換個活法


老二老三老四脫了鞋子他們準備跳舞

老五老六老七眼冒金星他們準備嚎叫


開呀


儘管俗氣地來吧儘管下流地來

按照我的節奏來你就會開出喜悅的花朵

有了喜悅你便不至只能截取詩意中最溫和的部分
你便不至躲避你命中的大光亮

開花就是在深刻的靜默之後開口說話呀呀說給另一
　　朵深刻的花

不滿意的人以為世界是個聾子
你扯嗓子謾罵不如開花
而開花就是讓聾子和瞎子聽見和看見

並且學習沉醉

開出野蠻的花開出讓人受不了的花
開得邪門沒道理沒邏輯

像一百萬平方公里的沙漠上大雨傾盆而下

開得異想天開倘若連天都開了那絕對是為了讓你
恣意地開放

開到狂喜呀從死亡的山谷從廢棄的村莊
從城市的地縫從中心廣場

中心廣場上全是人吶
中心廣場附近的胡同裡全是沉默的牛羊

你去晚霞裡逮一頭羊吧分享牠的好心腸
你去垃圾堆上逮一頭豬吧摸摸牠跳動的心臟

三千頭豬個個鬃插花朵看誰敢把牠們趕向屠宰場
九千隻羊跳下山崖因為領頭羊想死在山崖下面的花
　　床上

開花呀孔子對顏回說
開花呀梁山伯對祝英台說

在三月在五月在霧霾的北京石家莊太原開封和洛陽
開花呀歐陽江河對他的新女友說

開出豹子盤臥樹蔭的姿態
開出老虎遊蕩於玻璃水泥和鋼鐵之林的大感想

開花是冒險的遊戲

是幸福找到身體的開口黑暗的地下水找到出路


大狗小狗在二百五十個村莊裡齊聲吠叫就是你開花
　　的時候


你開放

你就是勇敢的花朵勇敢在無聊打鬥和奔竄裡

你就是大慈大悲的花朵大慈大悲在房倒屋塌的災難裡


若石頭不讓你開放你就砸開它吧

它心房裡定有小花一朵


若繩索不讓你開放你就染紅它吧

直到它僵硬然後繃斷


你開呀你狠狠地開呀你轟隆隆地開


你開放我就坐起來站起來跳起來飛起來

我搖鈴打鼓我大聲喘氣你也可以不按我的節奏來

你開到高空我就架張梯子撲上去

若你開得太高我就造架飛機飛上去

我要朗讀你的囈語
我要見證你的乳頭開花肚臍也開花腳趾也開花

我要聞到甚至吞噬你浩瀚的芳魂

我要跟你一起喊：幸福

是工地上汗毛孔的幸福集市上臭腳丫子的幸福
抽搐的瑟瑟發抖的幸福不幸福也幸福的他媽的大汗
　　淋漓的幸福

所以你必須開花迎著我的絮叨

開一朵不夠開三千朵
開三千朵不夠開十萬八千朵

開遍三千大千世界

將那些拒絕開花的畜生吊起來抽打


開花


當螞蟻運送著甜就像風運送著種子

當高天行雲運送著萬噸大水就像黑暗中的貓頭鷹運

　　　送著沉睡


群星望著你你也望著它們

你看不過來它們的閃爍就像它們看不過來你的豐盛


星宿一上修電腦的少年說開花

星宿二上騎鴕鳥的少年說開花


你聽到了


月亮的背面有人開燈

哈雷彗星上有人劈啪鼓掌

開燈的人在亂七八糟的抽屜裡找到他的萬花筒
鼓掌的人一直鼓掌直到望見太空裡燦爛旋轉的曼陀羅

而你在花蕊的中央繼續開呀
就像有人從頭頂再生出一顆頭顱

但倘若你猶豫
倘若你猶豫該不該開花那就聽我的聽我的先探出一
　　個花瓣來

然後探出兩瓣然後探出四瓣

三瓣五瓣是大自然的幾何

但你若願意你就探出五十瓣五十萬瓣這就叫盛開

你就傻傻地開呀
你就大大咧咧地開呀開出你的奇蹟來

2014.6.3

# 代跋　詩歌的冒犯

西川

　　對於不懂詩歌的人來講，詩歌的首要任務是表達情感。對於真正懂得這門手藝的人來說，詩歌藝術中充滿了問題、技藝、技巧、詩歌記憶、對詩歌記憶的反駁等等。當然你也可以說詩歌是一種表達。如果一個人想要在詩歌裡表達，那他就得知道他要表達的是什麼。浪漫的詩人傾向於表達「我」──這是沒有深深捲入詩歌寫作的年輕人的自然要求。但是一個人如果走得更深入一點，他實際上就會從關注日常生活經驗中天真的、成長意義上的我，進入到觀察一個充滿問題、矛盾、猶豫和選擇難度的我。他這時的「我」就變得非常複雜：有真正的你，有虛假的你，有昨天的你，有今天的你，有一個你自己，也有一群你自己。

　　詩歌，如果我們把它說成門檻很高的一門手藝，那麼在這個社會中能夠接受它、理解它的人一定很少。所以俄國的布羅茨基把詩歌獻給「無限的少數人」。對詩人來講，詩歌史由屈原、枚乘、司馬相如、三曹、陶謝、王維、李杜、韓愈、白居易，以及從品達羅斯、薩福、維吉爾、但丁到菲爾多西、哈菲茲、魯米到布萊克、雪萊、波德萊爾、艾略特、龐德等許許多多的心靈、頭腦所構成。但如果你在馬路上碰到一個人，你說你是個詩人，而他理解的詩歌是一個很低的東西，這時你們兩人所說的詩歌實際上就不是一回事，一種尷尬由此而生。細究

起來，中國當代詩歌與中國古典詩歌也不完全是同一種東西；古典詩歌是類型化的寫作而當代詩歌是反類型化的寫作。當一個人站在古典詩歌的立場上看當代詩，錯位就已經形成了。

退一步講，即使完全站在古典詩歌的立場上，大眾對古典詩歌的誤解也是顯而易見的。比如說，李白肯定不是靠「床前明月光，疑是地上霜」而被尊為「詩仙」的。李白有浩大的幻象和語言激流，這種激流構成他的無意義言說。經常被人拉來證明當代詩人是一小撮自娛自樂的怪人的例子，還有白居易的詩能讓老太太讀懂的傳說。白居易比起「橫空盤硬語」的韓愈，那的確是易懂的，但白居易詩的日常有限性、私人敘事性、士大夫趣味、頹靡中的快意、虛無中的豁達，也不是當代人的勵志正能量賀卡填詞。一個當代寫作者，應該充分瞭解古人達到過的高度。我們看古人，古人也在看我們。所以在這個意義上，我說我們都有自己的「幽靈讀者」。

中國有偉大的詩歌傳統，但這個精英主義的傳統也曾經被文化革命和政治革命所橫掃，於是在大眾接受的層面上造成了很多誤會。每個人都覺得自己知道我們的祖先寫了很多偉大的詩歌，自然就認為自己屬於這個文化。這是一個誤會，其實很多人跟詩歌八竿子打不著。但另一方面，人們由於擁有對大躍進民歌和文革小靳莊賽詩會的記憶，覺得自己肯定應該天然地有資格讀詩；如果人們讀不懂，就會產生一種被剝奪的憤怒，這種憤怒是一種要求詩歌閱讀民主化的自然產物，它最終轉化為對詩歌閱讀的不屑和放棄，投入到購物者和哼哼小曲或扯嗓子唱卡拉OK的人們、上網搜搜明星八卦的人們的行列。人們

偶爾閱讀詩歌，也是抽風式的跟著詩歌事件走。而所有構成新聞事件的詩歌寫作都與真正的有意義的寫作存有距離。

詩人有好多種，大眾能夠理解什麼樣的詩人那得問大眾受了什麼樣的教育，大眾接受的詩人一定是跟他所受到的教育有關係，尤其是審美教育。你沒法指望沒有經過太多的審美薰陶的人，能忽然接受一個包括了浪漫主義、現代主義、後現代主義——現代主義中又包括象徵主義、達達主義、超現實主義、意象派、未來派、表現主義等很多東西——的這麼一種寫作。不光是詩歌，對美術、電影、戲劇的接受在當下的情況其實也差不多。別說普通人對詩歌的接受了，國內當下幾個比較好的詩人，他們的工作已經推進到哪個程度，連做詩歌批評的人都跟不上。我聽一位文學批評家講，小說家們往往會聽小說批評家們的意見，而詩歌批評家是反過來了：批評家們聽詩人們的意見。這種情況應該有所改變。

感謝楊小濱先生的組稿，感謝秀威出版社，特別是編輯冠慶對我拖拉工作的耐心。能夠在臺灣出版一本詩集我還是很高興的。期待讀者的批評。

2015.6

語言文學類　PG1358　中國當代詩典第二輯08

# 開花
## ——西川詩選

作　　者／西　川
主　　編／楊小濱
責任編輯／李冠慶
圖文排版／連婕妘
封面設計／蔡瑋筠

發 行 人／宋政坤
法律顧問／毛國樑　律師
出版發行／秀威資訊科技股份有限公司
　　　　　114台北市內湖區瑞光路76巷65號1樓
　　　　　電話：+886-2-2796-3638　傳真：+886-2-2796-1377
　　　　　http://www.showwe.com.tw
劃撥帳號／19563868　戶名：秀威資訊科技股份有限公司
　　　　　讀者服務信箱：service@showwe.com.tw
展售門市／國家書店（松江門市）
　　　　　104台北市中山區松江路209號1樓
　　　　　電話：+886-2-2518-0207　傳真：+886-2-2518-0778
網路訂購／秀威網路書店：http://www.bodbooks.com.tw
　　　　　國家網路書店：http://www.govbooks.com.tw

2015年10月　BOD一版
定價：310元
版權所有　翻印必究
本書如有缺頁、破損或裝訂錯誤，請寄回更換

國家圖書館出版品預行編目

開花 : 西川詩選 / 西川著. -- 一版. -- 臺北
　市 : 秀威資訊科技, 2015.10
　　面 ;　　公分. -- (語言文學類 ; PG1358)(中
國當代詩典. 第二輯 ; 8)
　BOD版
　ISBN 978-986-326-058-5(平裝)

851.487　　　　　　　　　　104010929

# 讀者回函卡

感謝您購買本書，為提升服務品質，請填妥以下資料，將讀者回函卡直接寄回或傳真本公司，收到您的寶貴意見後，我們會收藏記錄及檢討，謝謝！如您需要了解本公司最新出版書目、購書優惠或企劃活動，歡迎您上網查詢或下載相關資料：http:// www.showwe.com.tw

您購買的書名：＿＿＿＿＿＿＿＿＿＿＿＿＿＿＿＿＿＿＿＿＿＿＿＿

出生日期：＿＿＿＿＿年＿＿＿＿＿月＿＿＿＿日

學歷：□高中 (含) 以下　　□大專　　□研究所 (含) 以上

職業：□製造業　□金融業　□資訊業　□軍警　□傳播業　□自由業
　　　□服務業　□公務員　□教職　　□學生　□家管　　□其它＿＿＿

購書地點：□網路書店　□實體書店　□書展　□郵購　□贈閱　□其他

您從何得知本書的消息？

　　□網路書店　□實體書店　□網路搜尋　□電子報　□書訊　□雜誌

　　□傳播媒體　□親友推薦　□網站推薦　□部落格　□其他＿＿＿＿＿

您對本書的評價：(請填代號　1.非常滿意　2.滿意　3.尚可　4.再改進)

　　封面設計＿＿＿　版面編排＿＿＿　內容＿＿＿　文／譯筆＿＿＿　價格＿＿＿

讀完書後您覺得：

　　□很有收穫　□有收穫　□收穫不多　□沒收穫

對我們的建議：＿＿＿＿＿＿＿＿＿＿＿＿＿＿＿＿＿＿＿＿＿＿＿＿

＿＿＿＿＿＿＿＿＿＿＿＿＿＿＿＿＿＿＿＿＿＿＿＿＿＿＿＿＿＿＿＿

＿＿＿＿＿＿＿＿＿＿＿＿＿＿＿＿＿＿＿＿＿＿＿＿＿＿＿＿＿＿＿＿

11466
台北市內湖區瑞光路 76 巷 65 號 1 樓

**秀威資訊科技股份有限公司** 收
BOD 數位出版事業部

．．．．．．．．．．．．．．．．．．．．．．．．．．．．．．．．．．．．．．．．．．．．．．．．．．．．．．．．．．．．．．．．．．

（請沿線對折寄回，謝謝！）

姓　　名：＿＿＿＿＿＿＿＿＿＿　年齡：＿＿＿＿＿　性別：□女　□男

郵遞區號：□□□□□

地　　址：＿＿＿＿＿＿＿＿＿＿＿＿＿＿＿＿＿＿＿＿＿＿＿

聯絡電話：(日) ＿＿＿＿＿＿＿＿＿＿＿ (夜) ＿＿＿＿＿＿＿＿＿＿＿

E-mail：＿＿＿＿＿＿＿＿＿＿＿＿＿＿＿＿＿＿＿＿＿